不起眼女主角培育法 Memorial

丸戸史明
插畫／深崎暮人

Kadokawa Fantastic Novels

彩頁／內文插畫：深崎暮人

Content

Chapter 01

角色介紹

Character Profile

大有長進的金髮雙馬尾名媛

澤村・史賓瑟・英梨梨

DATA

隸屬	私立豐之崎學園二年G班 →私立豐之崎學園三年F班 →多多良美術大學美術系一年級 （掛籍）
生日	3月20日
身高	158cm
三圍	B：79.9 （由於某青梅竹馬表示 「絕對不滿80」） W：56 H：86
興趣	表面上：賞畫 背地裡：萌系動畫、 美少女遊戲、 繪製美少女插圖

「假如一天有48小時，

就能做出48頁膠裝本的說……」

英國人父親與日本人母親生下的混血兒，倫也的青梅竹馬，歷經個人社團「egoistic-lily」的柏木英理到「blessing software」的原畫負責人後，以《寰域編年紀 XIII》的原畫、角色設計在業界風光出道。性格為典型的傲嬌，對於敵視的人會用全名稱呼。在人際關係方面常發揮出窩囊本色，不過對於插畫則變得大有自信，敢宣稱「單幅畫作更勝紅坂朱音」。

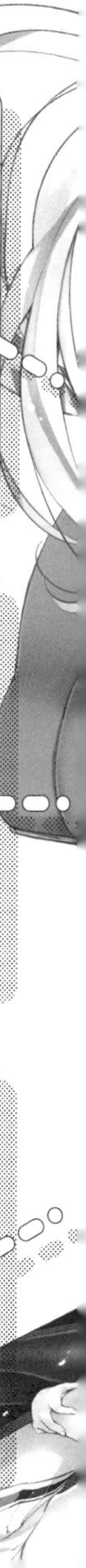

EPISODE 1 命運的邂逅與慘痛的爭執

忽然大吵一架後立刻和好的英梨梨與倫也，相識的過程極具小學生風範。然而，三年級的時候，感情融洽地聊宅話題的兩人遭到霸凌而變得疏遠。後來因為應對方式的不同讓兩人失和，據說一直到高中都處於完全斷絕往來的狀態。英梨梨會隱藏御宅族本性，開始戴上大小姐的假面具，就是肇因於此。

EPISODE 2 靠執著到手的奇蹟

英梨梨會把自己逼到閉關作畫，是因為倫也與詩羽認真改好了劇本，她本身也希望能認真以對。逞強歸逞強，多虧如此，英梨梨才能急速成長，也跟倫也重修舊好。而且，此時完成的七張畫作之後被紅坂朱音看中。這是決定往後命運的最重要一環。

EPISODE 3 為了成為第一而背叛

奇蹟般的七張圖完成後，英梨梨陷入了創作低潮。點醒她的並不是倫也的溫柔，而是紅坂朱音的創作者之魂。英梨梨覺得要成為倫也心目中的第一創作者，就不能錯過這個機會，決定離開社團。即使那樣會讓倫也難過。還有，即使那會讓她和惠絕交……！

澤村・史賓瑟・英梨梨的 Eriri Spencer Sawamura's HISTORY

峰村小學的入學典禮
跟倫也初次相遇。（第9集）

小學三年級
跟倫也一起在班上受到霸凌。
後來關係失和。（第3集）

高中一年級／九月中旬
跟霞之丘詩羽相遇。（GS1）

高中二年級／黃金週假期後半
當倫也在重寫遊戲企畫書時，答應惠的邀請而加入倫也的社團。（第1集）

高中二年級／夏COMI第二天
對出海得到倫也協助，賣完同人誌的實力感到畏懼，把收下的同人誌退還給她。（第3集）

高中二年級／夏COMI第三天
被倫也帶出家裡，在小學前面互相吐露經年累月的想法後重新振作。（第3集）

高中二年級／夏COMI結束隔天
為先前的失禮舉動向出海賠罪。隨後視她為勁敵而鬥嘴。（第3集）

高中二年級／八月下旬
用取景的名義跟倫也到「豐樂園」遊樂園。這算約會？（FD）

高中二年級／九月下旬
從詩羽那裡拿到了巴望已久的簽名，當作社團紀念。（GS1）

高中二年級／十月下旬
在看完「icy tail」初次表演的歸途中，跟惠成為好友。開始直呼彼此名字。（第4集）

高中二年級／母片送廠截止日的前一週
為了完成新劇情所需的追加原畫，到那須高原的別墅閉關作業。（第6集）

高中二年級／母片送廠截止日當天
儘管病倒了，仍完成奇蹟般的七張畫作。跟察覺狀況有異，趕到別墅的倫也共度聖誕節。化解八年來的心結並重修舊好。（第6集）

高中二年級／二月下旬
跟詩羽一同和紅坂朱音相遇。折服於對方的存在。（GS1）

高中二年級／豐之崎學園畢業典禮的三天前
跟詩羽一同離開社團，決定要兩人合力打倒紅坂朱音。（GS1）

高中二年級／豐之崎學園畢業典禮的三天後
告知要離開社團後第一次跟惠見面，遭到拒絕，兩人就此絕交。（第7集）

高中三年級／四月第一個週末
為了《寰域編年紀》的工作，跟詩羽一同到大阪打照面。眼睜睜地看著來送行的倫也被詩羽強吻……（第7集）

高中三年級／六月
答應惠的邀約，兩人一同出遊合宿。關係終於在旅途中修復。（GS2）

高中三年級／暑假第一天深夜～隔天早晨
參加倫也等人的社團合宿。紅坂朱音卻追過來找她和詩羽開會。隔天早上，英梨梨帶著詩羽匆匆踏上歸途。（第10集）

高中三年級／
紅坂朱音住院五天後的星期四晚上
從詩羽口中得知倫也選了誰。雖然大哭了一場，仍透過詩羽勸解而改變心情。兩人一同入眠，以備隔天後的製作工作。（GS3）

高中三年級／十月上旬的星期四
在自宅埋首於《寰域編年紀XIII》的工作。即使有代理紅坂朱音的倫也在身邊，英梨梨還是能畫圖，心靈比半年前大幅成長了。（第12集）

高中三年級／十月上旬的星期日晚上
「祭典」過後，在自家庭院獨自熱衷於素描。一邊回想著往日跟自己感情要好的男孩子。（GS3）

高中三年級／十一月二十X日
參加「blessing software」的地獄合宿。主動協助想挑戰在三天內完成七張插圖的出海。（第13集）

冬COMI數天前
《寰域編年紀XIII》上市。被評為系列中的最高傑作，玩家對內容的觀感卻褒貶不一，在網路上引發大規模論戰。（第13集）

高中三年級／十二月三十一日
跟詩羽一起隱藏身分，從早上七點以一般入場的形式參加comiket。特地在「blessing software」的攤位排隊，拿到大家合力完成的遊戲。（第13集）

高中三年級／十二月三十一日晚上
「blessing software」的冬COMI慶功宴。英梨梨哭歸哭，還是帶著海闊天空的笑容，將自己對倫也的感情做出了斷。而且，往後她仍會以「全世界最幸福的插畫家」為目標繼續努力——（第13集）

EPISODE 4

往夢想踏出確實的一步

對英梨梨來說，畫圖是為了向倫也爭口氣，希望藉此讓他回心轉意而拚命投入的一項事業。然而，得到寶貴的朋友，在工作上成就壯舉後，英梨梨的為人和身為創作者方面也有了成長，不再需要那些消極的想法。決定與自己的畫作和諧相處的她，畫出來的女孩子肯定會比以前更具魅力。

努力不懈的黑髮女神

霞之丘詩羽

Utaha
Kasumigaoka

DATA

隸屬	私立豐之崎學園三年C班 →早應大學文學系一年級 →早應大學文學系二年級
生日	1月31日
身高	168cm
三圍	B：89 W：61 H：88
興趣	表面上：閱讀 背地裡：妄想（本人否認）

「我希望可以只靠睡眠、閱讀及寫作活下去。雖然還有其他想做的事情，反正那些都可以邊睡邊完成。」

高中時以霞詩子的筆名出道，目前就讀早應大的人氣輕小說作家。在「blessing software」的活動中首次操刀遊戲劇本，參與《寰域編年紀 X III》製作時則以驚人的劇情發展引發了莫大迴響。後來與英梨梨搭檔，正在準備繼《戀愛節拍器》、《純情百帕》後，即將在不死川Undead Magazine推出的新作。雖然是個愛開黃腔又略顯病嬌的溝通障礙症患者，對倫也等人而言是既可靠又溫柔的學姊。

EPISODE 1 新人作家跟書迷的邂逅及首度別離

在輕小說作家霞詩子初次簽名會上搶了頭香的人，是她的高中學弟，同時也是大讚其作品，還對銷量有所貢獻的部落格寫手——安藝倫也。兩人認識彼此後，透過《戀愛節拍器》急速拉近距離。然而，該作的最後一集卻讓雙方心思相悖，迎來第一次決裂。

EPISODE 2 犧牲校慶並走入師徒關係

第一稿和第二稿都採用，還要另外新闢真實結局劇情線。經過火爆爭辯後，倫也做了如此異想天開的選擇。詩羽在這項作業中收倫也為徒，讓他有所長進；倫也也將他對遊戲劇本的觀念教給詩羽。如今，他們倆能在各自的道路上努力，正是因為曾一起度過既辛苦又幸福的這三天。

EPISODE 3 給倫也的甜蜜一吻，其真正意涵是……？

詩羽離開社團導致二度決裂。即使如此，倫也仍願意支持她。詩羽會在東京車站強吻倫也，是決定「將來打倒強敵就會回到你身邊」的證明？還是對徒弟在創作界成為對手的餞別？或者是因為金髮搭檔跟心上人氣氛正佳，她才出招攔截的呢？

霞之丘詩羽的 Utaha Kasumigaoka's HISTORY

高中二年級／夏
在「戀愛節拍器第二集上市即再版感謝簽名會」上認出倫也是高中的學弟。（第2集）

高中二年級／九月中旬
跟澤村・史賓瑟・英梨梨相遇。（GS1）

高中二年級／九月後半
認出英梨梨就是同人作家「柏木英理」。讀過她畫的《戀愛節拍器》同人誌（十八禁）後，成為她的畫迷。（GS1）

高中二年級／冬
想讓倫也讀《戀愛節拍器》最後一集的原稿，卻遭到拒絕。（第2集）

高中三年級／黃金週假期
舉行「紀念戀愛節拍器最後一集上市之霞詩子老師簽名會」。（第1集）

高中三年級／某日
為了不死川Undead Magazine的專欄報導，接受倫也的採訪。（FD）

高中三年級／六月下旬～七月
寫完遊戲劇情的大綱初稿，卻被倫也退回。（第2集）

高中三年級／七月上旬的星期六～日
在和合市的旅館，和倫也一起熬夜重寫大綱。（第2集）

高中三年級／九月中旬的星期六
為了編排輕小說新作的大綱，跟倫也在和合市散步。（FD）

高中三年級／十一月上旬的星期六
在池袋跟倫也約……逛街，以慶祝劇本出爐。到了當天的最後，把真實結局劇情線的第二稿託付給倫也。（第5集）

高中三年級／豐之崎學園校慶
跟倫也爭論到最後，花了三天重新翻修劇本。（第5集）

高中三年級／冬COMI第三天
在comiket會場跟紅坂朱音相遇，並拿到對方的名片。（GS1）

高中三年級／二月下旬的週末
舉行「紀念霞詩子老師新作上市簽名會」。之後，將社團的嚴苛現實攤在倫也眼前。（第7集）

高中三年級／二月下旬
跟英梨梨一同去見紅坂朱音，對「被當成英梨梨的陪同者」感到屈辱。（GS1）

豐之崎學園畢業典禮三天前
下定決心要一邊扶持英梨梨，一邊合力打倒紅坂朱音。（GS1）

高中三年級／三月吉日
從豐之崎學園以第一名的成績畢業。和等在回家路上的倫也表明要離開社團。（第7集）

大學一年級／四月第一個週末
為了《寰域編年紀》的工作而跟英梨梨一同到大阪打照面。突然強吻來送行的倫也。（第7集）

大學一年級／五月中旬的星期六
在神保町偶然遇見美智留，並訂下協助社團的密約。（GS2）

大學一年級／
倫也等人的暑假第一天深夜～隔天早晨
參加倫也等人的社團合宿。紅坂朱音卻追過來找她和英梨梨開會。在倫也眼前被教訓得體無完膚……（第10集）

大學一年級／夏天的某日午後
試玩倫也等人製作的遊戲體驗版中的霞之丘詩羽（暫定）劇情線。雖然憤怒地表示「我不會容許這種劇情」，卻因此覺醒，進而得到紅坂朱音認同。（第10集）

大學一年級／紅坂朱音住院五天後的星期四
聽完倫也不惜擱下社團活動，也要代替紅坂朱音職責的覺悟，察覺他對惠的「某種情愫」。（第12集）

大學一年級／紅坂朱音住院五天後的星期四晚上
說服對倫也介入面露難色的英梨梨。用真心話互辯，也同情彼此的失戀，成為直呼名字的朋友。（GS3）

大學一年級／九月下旬的星期五～六
為了在倫也脫隊的期間協助社團活動，暗中下指示給美智留及出海，要激起惠的動力……不過，事情全都被惠知道了……（GS3）

大學一年級／十月上旬的星期日晚上
「祭典」過後，跟完全變成損友的美智留走在回家的路上。其實還沒有對倫也死心……？（GS3）

大學一年級／十一月二十X日
參加「blessing software」的地獄合宿。校正倫也所寫的全部劇情，挑出多達四位數的毛病。（第13集）

冬COMI數天前
《寰域編年紀XⅢ》上市。被評為系列中的最高傑作，玩家對內容的觀感卻褒貶不一，在網路上引發大規模論戰。（第13集）

大學一年級／十二月三十一日
跟英梨梨一起隱藏身分，從早上七點以一般入場的形式參加comiket。特地在「blessing software」的攤位排隊，拿到大家合力完成的遊戲。（第13集）

大學一年級／十二月三十一日晚上
「blessing software」的冬COMI慶功宴。詩羽自信滿滿地一邊笑到最後，一邊將自己對倫也的感情做出了斷。而且，為了繼續以「受倫也崇拜的偉大作家」自居，今後她仍會嘔心瀝血地創作——（第13集）

EPISODE 4

雖然要道別，但這不是別離

詩羽比任何人都早一步察覺倫也跟惠的關係，而後迎來第三次的訣別。可是，那並不代表他們真的要分離。畢竟他現在仍是徒弟，仍是勁敵，仍是相戀過的對象。往後，詩羽還是會繼續以倫也尊敬的女神自居。維持那種地位也是詩羽的目標。

帶著笑容超越極限的早熟天才

波島出海

Izumi
Hashima

DATA

隸屬	區立穗野田中學三年A班 →私立豐之崎學園一年C班 →私立豐之崎學園二年A班
生日	5月5日
身高	157cm
三圍	B：88 W：58 H：86
興趣	表面上：女性向戀愛遊戲 （小小戀情狂想曲） 背地裡：欣賞足球 （小學時期遺留的興趣）

「我希望畫技進步得更多更多。
我想讓人感動。
還有……我想贏過那個人。」

伊織的妹妹，倫也等人的學妹。讀國中時成立了個人社團「Fancy Wave」從事同人活動。考進豐之崎學園後，立刻參加「blessing software」，代替英梨梨接下原畫之職。冬COMI推出的《不起眼女主角培育法》在玩家間獲得高度評價，對於參與社團的下一款作品似乎頗有意願。基本上性格既聽話又乖巧，卻意外地有主見，有想法就會說出來。尤其是身為御宅族的熱情，甚至不遜於倫也。

EPISODE 1

師父帶來跟「小小戀曲」的邂逅即為人生

據說出海小時候曾活潑地跟男生們在公園玩，就是因為生日時收到了倫也送的《小小戀情狂想曲２》當禮物，才會在人生中走上御宅族這條歧路。其實「小小戀曲」的第一代，也是英梨梨頭一次推薦給倫也，讓他迷上的作品。出海跟英梨梨之間的恩怨，從這個時候就已經開始了……

EPISODE 2

為了與勁敵交手而決意入魔！

夏COMI過後，出海對英梨梨燃起了對抗意識，參加由哥哥伊織擔任代表的「rouge en rouge」。基於自身的意願，成了同人遊戲的原畫主筆。一切都是為了跟英梨梨在相同立場競爭。那樣的決心讓出海從「玩票性質的無名作家」變成「新銳插畫家」，進而有了大幅成長。

EPISODE 3

經過種種歷練，化宿敵為戰友

出海讀高中後，立刻參加倫也的社團。起初她不只把突然離開的英梨梨當成勁敵，更視其為敵人。不過，看到英梨梨突飛猛進的畫作讓她經歷低潮期，而英梨梨的態度也變得穩重，雙方關係似乎比以前好。往後她們可以將彼此當成真正的對手來切磋琢磨……應該吧？

波島出海的 Izumi Hashima's HISTORY

小學五年級
跟安藝倫也認識。（第3集）

小學六年級
搬家到名古屋。（第3集）

國中三年級／七月下旬
在豐之崎學園的結業典禮在校門口等待，跟倫也重逢。（第3集）

國中三年級／夏COMI第二天
在東館04a「Fancy Wave」擺攤參加活動。靠著倫也與惠的協助，第一次完售同人誌一百本。（第3集）

國中三年級／夏COMI第二天結束後
將留給自己的最後一本同人誌親手交給英梨梨，卻遭到退回。（第3集）

國中三年級／夏COMI結束隔天
得知英梨梨就是柏木英理的真身，接受退回同人誌的賠罪……但是，後來被英梨梨用精心完成的簽繪板挑釁，點燃了對抗意識。（第3集）

國中三年級／十一月的星期日
在倫也和英梨梨面前，以「rouge en rouge」的同人遊戲新作《永遠與剎那的福音》的原畫主筆身分亮相。挑起在冬COMI與英梨梨的對決。（第5集）

國中三年級／十二月的星期二
約倫也出來，把送廠壓製完成的遊戲片交給他。（第6集）

國中三年級／冬COMI第三天
在開場前接受英梨梨的落敗宣言，兩人就此和好……？（第6集）

高中一年級／四月
進入豐之崎學園就讀。（第7集）

高中一年級／四月上旬
參加新生「blessing software」成軍典禮。（第8集）

高中一年級／四月二十九日
從拜訪波島家的倫也那裡收到同人遊戲企畫書，在兩小時內畫出一百種第一女主角的設計草圖。（第8集）

高中一年級／五月中旬的星期日
對在《寰域編年紀》活動中公開的英梨梨畫作大感震驚。之後畫的圖留有英梨梨畫風的影子。（第8集）

高中一年級／五月中旬的星期五～星期六
為了學習美少女遊戲的精髓，在倫也家裡大玩特玩美少女遊戲。（第9集）

高中一年級／五月下旬的星期一
讀了倫也寫好的英梨梨（暫定）劇情線文本，提起精神聽從伊織提議，要把劇情的情念之深藏在插畫中。從低潮期振作起來。（第9集）

高中一年級／六月第一個星期日
在伊織的獨斷下參加同人誌販售會。多虧「隔壁攤位的小幫手」，找出對於自己畫作的解答。（GS2）

高中一年級／七月下旬
因為某種理由，突然提議到沖繩舉行社團合宿。不過，又因為某種理由更換目的地。（第10集）

高中一年級／八月下旬／暑假最後一天

針對學妹型女主角出海（暫定）的劇本在不知不覺中完成一事，跟美智留一起向倫也表示強烈抗議！（第11集）

高中一年級／九月上旬的星期六

向倫也展現據說花了一週才完成的「神來之筆畫作」。之後，跟倫也單獨協調CG的品質與稿期。（第11集）

高中一年級／九月下旬的星期五～六

為了在缺少倫也的狀態下讓社團重新啟動，跟美智留一起勸說惠。從星期六起變成在波島家合宿。（GS3）

高中一年級／十月上旬的星期五晚上～星期日晚上

參加《寰域編年紀XⅢ》製作工程的最後一場「祭典」。（第12集）

高中一年級／十月上旬的星期日晚上

在「祭典」結束後的歸途，誇下海口向伊織表示「偷學到柏木英理的畫技了」。出海偷學到的是……？（GS3）

高中一年級／十一月二十X日

「blessing software」的地獄合宿第二天。在上午就畫好被認為無法完成的最後七張草圖，進步程度讓英梨梨不悅。（第13集）

高中一年級／三月三十一日

從四月起，將升上二年級就讀。身為「blessing software」的角色設計&原畫，今天同樣要參與開會——！（第13集）

EPISODE 4

競爭還沒有結束！

出海認定的對手，果真是不得了的插畫家。即使出海開拓出新境界，英梨梨仍會比她更進步。話雖如此，出海已經不怕了。既然對手會進步，自己也只要跟著進步就好。「blessing software」的原畫家總是開朗積極，時時都全力以赴！

撼動御宅魂的非御宅樂手

冰堂美智留

Michiru
Hyodo

DATA

隸屬	縣立椿姬女子高等學校二年三班 →縣立椿姬女子高等學校三年四班 →icy tail主唱＆吉他手
生日	12月18日
身高	173cm
三圍	B：86 W：56 H：84
興趣	表面上：排球、話劇、籃球等等，目前是樂團 背地裡：職業摔角

「為了在將來留下許多美好的回憶，
就要趁現在玩個痛快！」

倫也的表親。跟森丘藍子（藍子）、姬川時乃（小時）、水原叡智佳（叡智佳）三人組成了女子樂團「icy tail」進行活動，在團內擔任吉他手與主唱，在「blessing software」也以mitchie的名義負責配樂。身邊全是御宅族卻堅決不入宅，但似乎只吸收了偏頗的相關知識。即使倫也跟惠開始交往，倫也依舊是她的「家人」，往後好像打算一邊繼續泡在倫也家，一邊繼續創作活動。

EPISODE 1

新成員是非御宅的問題人物？

把電玩講成「打電動」的美智留，完全屬於宅界圈外人。起初，美智留曾逼倫也當樂團經紀人，想讓他放棄製作遊戲並脫宅，倫也卻比她更精。好巧不巧，美智留在首次舉行演唱會的前夕得知驚人的真相。原來除了自己以外，樂團所有成員都是御宅族，而且自己的樂風也在向御宅界靠攏……！

EPISODE 2

以誠相待，意識轉變的瞬間

結果美智留仍一邊玩樂團，一邊協助倫也的社團，不過，她自然是把重心放在樂團那邊。其態度明顯有所改變，是在倫也成為詩羽徒弟，開始自己寫劇本之後。美智留體會到倫也的認真，也跟著深深投入社團活動中。

EPISODE 3

面面俱到！可靠的大姊頭

社團活動來到第二年，美智留也在不知不覺中變得會考量全局，不只能做好本分，還會兼顧社團裡的人際關係。話雖如此，她沒有輕忽樂團活動，反而將伊織迎為新經紀人，人氣急速竄紅。照這樣看來，所有事都交給美智留就OK了吧……！

冰堂美智留的 Michiru Hyodo's HISTORY

十七年前／十二月十八日
在長野老家的婦產科醫院，跟倫也同一天出生。（第4集）

某年夏天
在山上扭到腳時被倫也所救，露出第一次也是最後一次的哭臉。（第4集）

高中一年級／秋天
被小時、叡智佳、藍子從音樂室傳出的演奏聲觸動心弦，因而參加樂團。隔幾天將團名取為「icy tail」。（第4集）

高中二年級／九月
在校慶舉行演唱會，被Live house的相關人士看上。（第4集）

高中二年級／九月下旬
跟父親吵架而離家出走。跑到倫也的家裡。（第4集）

高中二年級／十月上旬的星期日
被倫也慫恿參加社團，跟成員們見面。（第4集）

高中二年級／十月下旬
「icy tail」在秋葉原的「CLUB G-MINE」成功舉辦首次演唱會。（第4集）

高中二年級／十月末的週末
為了理解御宅族文化，跟倫也到秋葉原逛街。（FD）

高中二年級／十一月上旬
想讓倫也聽實際演奏的新曲，穿著外校制服闖進豐之崎學園的視聽教室。（第5集）

高中二年級／十二月上旬
用螢幕體驗倫也新增的劇情後大為振奮，主動花了三天三夜譜出片尾曲。（第6集）

高中三年級／椿姬女子高中開學典禮
在豐之崎學園的轉學考落榜，被小時揶揄是拋棄女生的友情，跑去追男人。（第7集）

高中三年級／四月上旬
參加新生「blessing software」成軍典禮。跟出海初次見面。（第8集）

高中三年級／五月上旬的星期六
在神保町巧遇詩羽，訂下要她協助社團的密約。（GS2）

高中三年級／五月中旬的星期六晚上
到倫也家裡作曲。之後陪倫也討論社團的煩惱。（第9集）

高中三年級／六月第二個星期六
在秋葉原的「CLUB G-MINE」舉辦第一場單人演唱會，並發行出道專輯「icy tail YO!」（GS2）

高中三年級／暑假第一天
在開往社團合宿地點的新幹線車上，陪倫也進行以取材為名義的單獨對話。（第10集）

高中三年級／合宿結束後過了幾天
為了讓詩羽試玩遊戲新作的霞之丘詩羽（暫定）劇情線，帶她到咖啡廳。（第10集）

高中三年級／八月下旬／暑假最後一天
針對表親型女主角美智留（暫定）的劇本在不知不覺中完成一事，跟出海一起向倫也表示強烈抗議！（第11集）

高中三年級／九月上旬的星期日
跟出海接棒出現在倫也家中，並且彈奏「開拓新境界的新曲」。靠著配樂與遊戲相輔相乘的效果，讓倫也痛哭流涕。（第11集）

高中三年級／九月下旬的星期四
把「icy tail」團員拖下水，想譜出巡璃劇情線的片尾曲。開完會後，卻得出劇本沒完成就譜不出來的結論。（GS3）

高中三年級／九月下旬的星期五～星期六
為了在缺少倫也的狀態下讓社團重新啟動，跟出海一起勸說惠。從星期六起變成在波島家合宿。（GS3）

高中三年級／十月上旬的星期五晚上～星期日晚上
參加《寰域編年紀XIII》製作工程的最後一場「祭典」。（第12集）

高中三年級／十月上旬的星期日晚上
在「祭典」結束後的歸途，開口安慰為了眾人、為了社團竭盡心力的詩羽。（GS3）

高中三年級／十一月二十X日
「blessing software」的地獄合宿第二天。表演腦海剛浮現的片尾曲（未完成版）給社團成員聽。再次惹哭倫也。（第13集）

椿姬女子高中畢業／三月下旬
從四月起……是無業遊民。不過，為了在主流業界出道，今天也要炒熱「icy tail」的演唱會——！（第13集）

EPISODE 4

相信自己……
就所向無敵！

我行我素的美智留，在譜完社團第二款同人遊戲的配樂後，仍繼續加緊腳步。有別於某個表親，她從最初就沒有把升學或就職放在眼中，眼裡只有讓「icy tail」主流出道一途。最恐怖的地方在於那未必是痴人說夢。行事有如散仙的她，還會飛得更高更遠……！

令人小鹿亂撞的不起眼女主角

加藤惠

Megumi Kato

DATA

隸屬	私立豐之崎學園二年B班 →私立豐之崎學園三年A班 →不死川大學文學系一年級
生日	9月23日
身高	160cm
三圍	B：84 W：57 H：83
興趣	表面上：逛街 背地裡：呃，怎麼會把不可告人的興趣當成一種前提呢？

「我想大家也都看在眼裡，要當御宅族滿辛苦的呢。」

「blessing software」的副代表兼第一女主角，也是倫也的女朋友。起初曾被倫也的言行耍得團團轉，卻還是淡定地一一奉陪，然而經過兩年的社團活動，如今主導權似乎大多握在惠的手中。一邊進行社團活動，一邊也更親密地陪伴著努力想考進跟自己同一所大學的男友，對其扶持有加。下次在社團擔任第一女主角的新作，將會成為繼成前兩款作品的「坡道三部曲」完結篇……預計是如此。

EPISODE 1 命運起自於糟到不行的評價

被感受到命運的倫也劈頭指稱「妳的角色性死透了」，隔天又被他捧成美少女遊戲的第一女主角。如此無厘頭的發展，惠都爽快接受了。而那樣的兩人如今已變成情侶關係……兼具彷彿能包容一切的安心感及複雜少女心，並且由兩者構成絕妙平衡的女主角。那正是加藤惠。

EPISODE 2 在社團活動交到的最佳好友

校內兩大美少女之一，跟名字都沒有人記得的同學B。當初處於這種立場的英梨梨與惠，不知不覺間透過社團活動變成好友，還一度絕交。不過，那本來就是交情深才會發生的狀況。儘管目前活躍於業界及同人界的她們環境不同，心靈的聯繫肯定比以前更為緊密……對吧？

EPISODE 3 這位第一女主角，其實比社團代表更有才？

連倫也都遊說不了的英梨梨和詩羽會加入社團，其實是惠的功勞。後來她還學會編寫程式碼，成為在實際作業也不可或缺的人手。到社團新生重組時，惠終於就任副代表一職。那一切都是因為她深愛這個社團。而新作完成的關鍵，也握在惠的手中……？

加藤惠的 HISTORY

Megumi Kato's

高中一年級／三月三十一日
在偵探坡請倫也幫忙撿回貝雷帽。（第1集）

高中二年級／倫也認出惠的後天
決定參加倫也的同人社團。（第1集）

高中二年級／黃金週假期剛結束的星期一
接受英梨梨和詩羽的指導，在偵探坡跟倫也重演命運的邂逅。（第1集）

高中二年級／六月的星期日
跟堂哥圭一一起光顧倫也打工的家庭餐廳「法米爾」……（第2集）

高中二年級／七月上旬的星期六
在六天場購物中心跟倫也約會……但是，倫也卻在回家之際趕去找詩羽。後來惠被「碰巧」遇見的英梨梨將她「生悶氣的表情」素描下來。（第2集）

高中二年級／七月中旬
發生「加藤惠換髮型事件」。在倫也等人模仿逆〇裁〇的法庭劇中，被迫以被告身分站上發言台。（第3集）。

高中二年級／夏COMI第二天
為了幫出海的忙，跟倫也兩人一起參加夏COMI。被出海當成「跟倫也學長是男女朋友關係的加茂學姊」……（第3集）

高中二年級／十月下旬
在看完「icy tail」首場演唱會的歸途中，跟英梨梨變成直呼名字的好友。（第4集）

高中二年級／十一月上旬的星期六
一邊跟蹤約會中的倫也與詩羽，一邊陪英梨梨逛池袋。（第5集）

高中二年級／十一月的星期日／豐之崎校慶後夜祭
基於詩羽的請求，跟倫也用誠司與瑠璃的身分跳土風舞。（第5集）

高中二年級／十二月上旬
髮型變成長髮，被男同學告白。可是，脫口回答的「因為冬COMI快到了」卻讓對方不敢恭維。瞬間被甩。（第6集）

高中二年級／冬COMI第三天
在從Big Sight回家的路上第一次認真動怒。跟倫也等人分開後獨自回家……（第6集）

高中二年級／二月最後一週的星期五
被倫也逼著看完下次作品的企畫書，兩人和好。（第7集）

豐之崎學園畢業典禮的三天後
無法理解英梨梨要離開社團的想法，在發生口角後絕交。（第7集）

高中二年級／春假的某天傍晚
穿著一年前的洋裝，出現在趕著回家的倫也面前。髮型也剪成了鮑伯短髮！（第7集）

高中三年級／黃金週假期最後一天
為了擬定劇情大綱，再次跟倫也到六天場購物中心約會。雙方開始用名字相稱。（第8集）

高中三年級／六月
邀英梨梨參加合宿雙人行。兩人終於在旅途中和好。（GS2）

高中三年級／九月中旬的星期日～星期三
跟倫也用巡璃劇情線的劇本對戲，為此熬夜討論，甚至手牽手約會大秀恩愛。（第11集）

高中三年級／九月二十三日
十八歲生日。跟倫也講好要約會，不料……！（第11集）

高中三年級／生日四天後的星期三晚上
對倫也在聯絡中提到要擱下自己的遊戲，跑去代理紅坂朱音之職的說詞無法理解，因而表示「我不能當你的第一女主角」……（第12集）

高中三年級／九月下旬的星期五晚上
無法對倫也寄的郵件置之不理，把內容列印出來，著了魔似的一邊臭罵，一邊到處刪改。（GS3）

高中三年級／九月下旬的星期六
決定在缺了倫也的情況下繼續製作遊戲。直接跟美智留、出海共三人舉行合宿，順著詩羽暗中指揮美智留所懷的「鬼胎」，吐露出許多真心話。最後還表明「倫也是屬於我的」……！（GS3）

高中三年級／十月上旬的星期五晚上
對倫也不停寄來的郵件按捺不住，偷偷溜進倫也家裡，並參與倫也、英梨梨、詩羽的工作。（第12集）

高中三年級／十月上旬的星期日晚上
在所有人回家後跟倫也單獨相處，而且終於被他告白。吊足胃口後，兩人才一吻定情……♡（第13集）

高中三年級／十一月二十X日
為了完成遊戲，展開為期三天的地獄合宿。要著手修正巡璃的劇情，反應卻莫名嫵媚……（第13集）

高中三年級／十二月三十一日晚上
「blessing software」的冬COMI慶功宴。跟英梨梨在浴室進行閨蜜密談。對好友揭露珍藏於心的想法。（第13集）

豐之崎學園畢業／三月三十一日
從四月起，將就讀不死川大學文學系一年級。隔天就是入學典禮，卻還是為了倫也，參加社團舉行的會議——！（第13集）

EPISODE 4

為了你 多於為大家

由於倫也動不動就胡搞，扶持他的惠一路走來總是為了社團打點。那是因為她喜歡社團裡的眾人，而且「並不覺得討厭」有倫也在身邊。不知道從什麼時候開始，變成「沒有倫也在身邊」就覺得討厭的呢？兩人的戀情才剛開始。看來第一女主角的人選，並不會說換就換——

朝目標邁進的創作者原石

DATA	
隸屬	私立豐之崎學園二年B班 →私立豐之崎學園三年F班 →落榜生
生日	12月18日
身高	175cm
興趣	表面上：動畫、輕小說、漫畫、電玩 背地裡：動畫、輕小說、漫畫、電玩推廣

安藝倫也

Tomoya Aki

「御宅族不會背叛二次元，

廠商也不能背叛信徒。（纏訟中）」

「blessing software」的社團代表。打從心裡對自己喜歡的作品與創作者投注愛情，對分級制度也會嚴格遵守，鐵錚錚的御宅族。在社團的第一款作品跟詩羽共用筆名TAKI UTAKO，操刀一部分劇情；第二款作品則獨力寫完所有的劇情。作品大受好評又跟惠成為情侶，姑且算過得快樂美滿，但幸福能不能長久就要靠他自己了。當下的目標是追隨靠推薦就默默上榜的惠考進不死川大學。

EPISODE 1

社團活動需要的是……

致使倫也開始製作同人遊戲的命運女主角，加藤惠。始終性情隨和，缺乏存在感，對社團活動卻意外地盡心盡力。而倫也察覺到惠有多重要，是在英梨梨和詩羽離開，社團面臨存亡危機的那一刻。正因為惠總是陪在身邊，他才能將社團經營下去。

EPISODE 2

藉遊戲劇本得知的真相

就任社團副代表的惠存在感變強，開始對倫也等人展現跟以往不同的另一面。然而，在幫第二款同人遊戲撰寫劇本的過程中——換句話說，在回顧跟惠之間有哪些回憶的過程中，倫也才深切體認到：加藤惠是位相當麻煩，同時也相當迷人的女主角。

EPISODE 3

於是，活動再次開始

離命運的邂逅約莫隔了兩年。經過迂迴曲折，倫也總算向惠告白，兩人變成了情侶。儘管倫也報考大學失利，不過他身邊有英梨梨和詩羽，有社團的眾多伙伴。更重要的是，有最棒的第一女主角。全新的啟程，通往無限遼闊的可能性。以最強美少女遊戲為目標，倫也等人的社團仍會繼續活動——！

安藝倫也的 Tomoya Aki's HISTORY

十七年前／十二月十八日
在長野老家的婦產科醫院，跟美智留同一天出生。（第4集）

小學三年級
跟英梨梨一起在班上受到霸凌。後來關係失和。（第3集）

高中一年級／冬天
回絕了詩羽想讓自己讀的《戀愛節拍器》最後一集原稿。（第2集）

高中一年級／三月三十一日
在偵探坡遇見穿白色洋裝的美少女，幫對方撿回貝雷帽。當晚開始撰寫同人遊戲的企畫書。（第1集）

高中二年級／倫也認出惠的後天
惠參加倫也的同人社團。（第1集）

高中二年級／黃金週假期剛結束的星期一
在偵探坡跟惠重演命運的邂逅。拜惠所賜，英梨梨和詩羽都已經答應參加社團了。（第1集）

高中二年級／七月上旬的星期六～星期日
在六天場購物中心跟惠約會……卻在回家之際拋下她，趕到詩羽身邊。後來在和合市的旅館跟詩羽一起熬夜，重寫劇情大綱。（第2集）

高中二年級／夏COMI第三天
把畏懼出海實力的英梨梨帶出家裡，在小學前面互相吐露經年累月的想法。（第3集）

高中二年級／美智留在家裡寄住一週後
聽見美智留彈奏的吉他旋律後，邀她成為社團的一員。（第4集）

高中二年級／豐之崎學園校慶
跟詩羽爭辯過後，花了三天重新翻修劇本。（第5集）

高中二年級／母片送廠截止日當天
擔心病倒的英梨梨而趕至那須高原。一邊照顧她，一邊一起迎接兩人的聖誕節，化解八年來的心結並重修舊好。（第6集）

高中二年級／冬COMI第三天
在從Big Sight回家的路上，第一次被認真動怒的惠違逆。（第6集）

高中二年級／二月最後一週的星期五
給惠看了下一款作品的企畫書，對喜歡上社團的她致謝並道歉，雙方和好。（第7集）

高中二年級／三月吉日
從豐之崎學園畢業的詩羽突然表明要離開社團。（第7集）

高中三年級／四月第一個週末
到車站替前往大阪的英梨梨、詩羽送行。在新幹線的月台冷不防地被詩羽強吻。（第7集）

高中三年級／五月上旬／黃金週假期結束的第一天
給伊織看了同人遊戲企畫書（第四版），贏得對方加入「blessing software」的允諾。（第8集）

高中三年級／
五月中旬的星期五深夜～星期一
跟英梨梨用skype聊往事，藉此收集題材，然後熬夜一口氣寫完金髮女主角英梨梨（暫定）的遊戲劇本。（第9集）

高中三年級／從合宿回來的隔天
希望被紅坂朱音狠狠教訓過的詩羽能力圖振作，動手執筆學姊型女主角詩羽（暫定）的劇本。（第10集）

高中三年級／九月中旬的星期六晚上
花一週都寫不出巡璃的劇情而陷入低潮，什麼人不找，偏偏找了紅坂朱音商量這個問題。（第11集）

高中三年級／
九月中旬的星期日～星期三
跟惠用巡璃劇情線的劇本對戲，為此熬夜討論，甚至手牽手約會大秀恩愛。（第11集）

高中三年級／九月二十三日
應該跟惠約會……卻突然接到聯絡，趕至紅坂朱音被送去的醫院。（第12集）

高中三年級／
紅坂朱音住院四天後的星期三
跟町田小姐兩個人一起聽完紅坂朱音的獨白，為了英梨梨和詩羽的事而大發雷霆！（第12集）

高中三年級／
紅坂朱音住院四天後的星期三晚上
用電話向惠報告要代理紅坂朱音職務一事，卻得不到惠的諒解，落得第一女主角被迫撤換的下場……！（第12集）

高中三年級／
紅坂朱音住院五天後的星期四～
隔週的星期五
跟町田小姐一同出席馬爾茲的會議。後來跟英梨梨、詩羽埋首於工作，撥空持續寫信……寫劇本寄給惠。（第12集）

高中三年級／
十月上旬的星期五晚上～星期日晚上
寄信奏效，惠參加最後的「祭典」。不只如此，連美智留、出海，甚至伊織都集結一處。新舊社團成員全部到齊！（第12集）

高中三年級／十月上旬的星期日晚上
在所有人回家後，跟惠單獨相處，而且終於開口告白！（第12集）

高中三年級／十一月二十X日
將社團成員召集到家裡，展開為期三天的地獄合宿。附帶一提，豐之崎學園正在舉行校慶。（第13集）

高中三年級／十二月三十一日
冬COMI開辦。推出的同人遊戲《不起眼女主角培育法》……過中午就順利完售！（第13集）

高中三年級／十二月三十一日晚上
「blessing software」的冬COMI慶功宴。一邊聽著除夕夜的鐘聲，一邊跟惠……♡（第13集）

豐之崎學園畢業／三月下旬～三十一日
報考的大學全數落榜。儘管接到了許多工作的邀約，卻決心跟惠考進同一所大學。當然，社團也仍會繼續經營——！

外冷內熱的協調者
波島伊織
Iori
Hashima
DATA
隸屬
私立櫻遼高中二年三班
→私立櫻遼高中三年二班
→東京教養大學國際學系一年級
生日
7月3日
身高
177cm
興趣
表面上：動畫、輕小說、
漫畫、電玩
（僅限好賣的作品）
背地裡：同人活動
（僅限有賺頭的情況）

「我倒希望把我當『好人』的風潮可以停下來。畢竟會有許多事不方便做。」

出海的哥哥，跟倫也曾是好友。從朱音手中接下「rouge en rouge」成為第二屆社團代表，退出後兼任「blessing software」和「icy tail」的總監。在社團跟惠不對頭，長久以來連姓名都沒有被對方叫過，但在不知不覺中有了改善。能看出作品優劣的天分，有必要就連妹妹都利用的狡智，還有精通業界內幕的政治手腕，往後應該仍會對倫也等人成為一大助力。

EPISODE 1 同人投機客的真意是？

以往曾是好朋友的倫也跟伊織會決裂，是因為相對於倫也這個愛護作品的御宅族，伊織卻是個為了提升自身地位，而利用作品的同人投機客。倫也單方面地對那樣的伊織感到厭惡，但伊織在決裂後仍對倫也予以肯定。那是因為倫也屬於有利用價值的人嗎？還是說，他一直憧憬著倫也的立身之道呢……？

EPISODE 2 另一對龍虎搭檔？

脫離「rouge en rouge」的伊織受倫也邀請，轉而加入他的社團。有倫也任由熱情行事，自己則在背後冷靜地洞燭先機。或許在這種關係下的同人活動，才是伊織真正想追求的。英梨梨跟詩羽這對搭檔自然不用提，跟倫也性情相異的伊織同樣是一名希望以創作為樂的創作者。

Iori Hashima's 波島伊織的 HISTORY

國中一年級／春天
在教室碰面後，當天跟倫也在回家途中變成好友。（第3集）

國中二年級
跟厭惡同人投機客本質的倫也吵架拆夥。（第3集）

高中二年級／七月下旬
相隔三年，在偵探坡跟倫也還有英梨梨重逢。不過，差點被他們忽略。（第3集）

高中二年級／十一月的星期日
帶著在「rouge en rouge」同人遊戲新作《永遠與剎那的福音》擔任原畫主筆的出海，出現於倫也及英梨梨面前。談好要在冬COMI跟倫也他們的社團一分高下。（第5集）

高中二年級／
十二月下旬的星期日晚上
接到倫也聯絡，一同搭「江中先生」的車，將倫也送到那須高原。（第6集）

高中二年級／二月下旬
在紅坂朱音跟英梨梨、詩羽會面過後，向她告知要退出「rouge en rouge」之意。（GS1）

高中二年級／
二月最後一週的平日某天
提醒倫也要小心紅坂朱音，並且對「blessing software」的前程給予支持。（第7集）

高中三年級／
五月上旬／黃金週假期結束後隔天
看了倫也寫的同人遊戲企畫書（第四版），答應加入「blessing software」。（第8集）

高中三年級／暑假第一天

在前往社團合宿地點的新幹線車上，對倫也課以「跟所有女生單獨談話」的任務。（第10集）

高中三年級／
豐之崎學園的開學典禮

催倫也繳交「巡璃線劇本」＆加以挑釁。根據伊織的評估，巡璃線劇本要完成，據說最晚會拖到十一月底……（第11集）

高中三年級／九月中旬的星期六

聽苦惱了一週仍毫無進展的倫也吐苦水，並陪他商量巡璃線劇本。（第11集）

高中三年級／
九月下旬的星期日～星期二

得知紅坂朱音病倒，倫也又牽扯在其中，針對倫也的後續行動與社團今後的活動方針，（透過出海當中間人）跟惠展開論戰。（GS3）

高中三年級／
十月上旬的星期五晚上～
星期日晚上

參加《寰域編年紀XIII》製作工程的最後一場「祭典」。（第12集）

高中三年級／
十月上旬的星期日晚上

「祭典」結束後的歸途。原來伊織會讓出海參加製作作業，是出於某種狡猾的盤算……？（GS3）

高中三年級／十一月二十X日

參加「blessing software」的地獄合宿。輕易看穿倫也跟惠開始交往一事。（第13集）

高中三年級／十二月三十一日

以「blessing software」的名義參加冬COMI。即使肯幫力有未逮的大家四處打交道，也絕不出手做大家都會的體力勞動……！（第13集）

櫻遼高中畢業／三月三十一日

從四月起，將就讀都內的國立大學一年級。身為「blessing software」的製作人兼總監，伊織今天仍會參加會議——！（第13集）

將一切奉獻給創作的孤傲怪物

紅坂朱音

DATA

隸屬	紅朱企畫股份有限公司 （董事長）
生日	5月28日
身高	168cm
三圍	B：80
	W：57
	H：83
興趣	表面上：工作 背地裡：創作

Akane
Kosaka

「在自己的所有妄想都以作品的形式問世之前，我可不打算死。雖然不曉得那是幾萬年後的事。」

本名為高坂茜。就讀早應大時成立未來在Comiket中超知名的社團「rouge en rouge」，作為漫畫家商業出道。不過，自己的作品首次改編動畫以失敗收場，因此成立自己的公司「紅朱企畫」。透過自己的公司嚴格管理自己作品的製作及跨媒體合作，成為了以絕對性人氣為傲的創作者。與不死川書店的編輯——町田苑子是曾一起參加早應大漫研社的同伴，也是至今仍有交流的朋友。

EPISODE 1 最狂創作者，來襲

拉中意的人入夥，將作對的人搞垮。在業界被稱為怪物的創作者巨頭，於監製RPG大作《寰域編年紀 XIII》之際，把英梨梨跟詩羽挖到自己的團隊中。她追求的品質極高無比，不允許任何妥協。即使如此，身懷的壓倒性實力及魅力仍讓那兩人無法違抗。紅坂朱音，就是這樣的一名人物。

EPISODE 2 同類互相吸引是命中注定？

朱音罹患腦梗塞後仍想在現場指揮，自有其理由。那是因為，她不想讓任何人攪亂由英梨梨跟詩羽做出來的頂尖之作。原本認為要穩住大局，非己莫屬的她，將那項任務交給了區區一名同人創作者的倫也。或許朱音是在不會畏懼她，又獲得英梨梨跟詩羽認同的倫也身上，發現了跟自己同樣性質的「靈魂」。

紅坂朱音的 Akane Kosaka's HISTORY

大學時期
成功以漫畫家身分在業界出道，從早應大中輟，正式走上專職之路。（GS1）

出道後
出道作《五反田的樞機卿》達成百萬銷量佳績，在半年內敲定改編動畫。動畫卻淪為失敗作，因此失去原作的書迷與珍貴伙伴。（GS1）

改編動畫失敗過了五年後
自己成立版權管理公司，主導自己作品的跨媒體改編。（GS1）

十二月下旬的星期日晚上
為了急著趕去那須高原的倫也，喬裝成「會計師江中先生」開車，載伊織一同前往。（第6集）

冬COMI第三天
在comiket會場遇見詩羽，遞出名片。活動尚未開始，她卻表示自己已經玩過倫也等人的遊戲，還跑完其中一條劇情線——（GS1）

二月下旬／最後一週的星期六
跟英梨梨、詩羽會面。突然讓她們看《寰域編年紀》的企畫書，並放話要兩人為這部作品而死。（GS1）

五月中旬的星期三
在秋葉原的小酒館跟睽違多年的老朋友町田苑子（阿苑）喝酒。（GS2）

倫也等人的暑假第一天深夜～隔天早晨

硬闖倫也等人的社團合宿活動。當場開始跟英梨梨、詩羽開會，並當著倫也的眼前狠狠地教訓兩人。（第10集）

八月中旬的星期日／夏COMI第三天

開車送倫也前往夏COMI。還告訴倫也本人，讓英梨梨及詩羽覺醒的他是「值得關注」的存在。（第10集）

九月中旬的星期六晚上

突然接到倫也來電表示陷入低潮而狂笑。不過，認真地看待他想討論的事情，給予熱烈聲援。（第11集）

九月二十三日

在跟馬爾茲討論的過程中因腦梗塞昏倒，被人送到醫院。不知為何，昏倒前似乎牽掛著倫也……？（第12集）

住院四天後的星期三

被倫也說服找來阿苑，並向他們倆揭露《寰域編年紀ⅩⅢ》的工作期程內幕。（第12集）

住院四天後的星期三晚上

在病房跟阿苑談話，相隔十年才又信任自己「以外」的助力而入睡。（GS3）

住院十三天後的星期五

從代理自己職務的倫也口中聽到遊戲製作的進度報告。跟倫也談到五年前的某段回憶。（第12集）

冬COMI數天前

《寰域編年紀ⅩⅢ》上市。被評為系列中的最高傑作，玩家對內容的觀感卻褒貶不一，在網路上引發大規模論戰。（第13集）

三月下旬／「icy tail」演唱會的後天

回到工作崗位，找來倫也結清工作薪資……企圖順便僱用他為紅朱企畫的正式員工，卻遭到識破而失敗。（第13集）

Chapter 02

特典小說

Bonus Track

不起眼女主角入虎穴

七月下旬，離Comiket只剩幾週，平日某天的秋葉原……

從以前就有「買大型家電到秋葉原」、「電器集錦秋葉原」之類的詞吹捧，近年則莫名其妙地被囊括在「新宿西口車站前與秋葉原」的範疇內，既混沌又充滿熱氣的這座城市，今天仍舊是活力十足。

「加藤，妳看……這就是漫畫虎之穴秋葉原店A！」

而我──豐之崎學園二年級的安藝倫也，正一邊指著面朝秋葉原中央大道，由黃橘雙色點綴的兩棟大廈，一邊威風凜凜地站著。

「喔～這家書店的名字我聽過，實際一看還真大間呢～」

「不只賣書喔。它是不分商業及同人領域，廣泛地包辦了各種音樂、影像、電玩軟體及精品等等的御宅界綜合商店。」

十幾年前，沿著秋葉原迷你住商大樓的陡梯爬上三樓，先在右手邊的卡牌專賣店巡視玻璃櫃展示的魔法○雲會稀有卡，再到位於對面的這家店找純愛○札的中古十八禁同人誌，是當年眾多御宅族在秋葉原的散步路線。

麻雀雖小卻熱氣逼人的那間店，後來保留其熱度，擴大營業規模，蓋了氣派的大廈，並且進軍至五湖四海。簡直可謂秋葉原之夢的體現者——這是屬於御宅族的黃色巨塔！

……在網路上認識的懷舊狂大叔曾熱情地跟我猛聊這些往事，讓人不敢領教，事到如今，或許也成了不錯的回憶。

「一直站在店前面也會妨礙別人，那我們差不多可以進去了吧，安藝。」

「也對。好，我們走，加藤！」

而今天，是我在出生後第一次單獨帶著女生，走進以往已經來過好幾百次的漫畫虎之穴秋葉原店Ａ，值得紀念的日子。

我所提到的那個女生是同班同學，也是社團成員，更是我準備在自己製作的電玩遊戲裡安插的第一女主角——平凡無奇的普通高中女生，加藤惠。

像她這樣的甜心寶貝（失笑），原本應該跟專賣這類嗜好品的店家無緣，是因為在命中跟我相遇，命運大幅轉變……或許有變，也或許沒有，這誰說得準呢？

「咦，安藝，這不是澤村同學的圖嗎？」

「……是啊。」

當我們踏進店裡的電梯，大大地貼在門內側，畫風似曾相識的海報瞬間出來迎接我們。

海報上的廣告詞寫著：「柏木英理老師引頸期盼的最新作已進貨！正於七樓同人區絕讚販售中！」。

柏木英理……本名澤村．史賓瑟．英梨梨。

披著金髮雙馬尾，混血千金小姐外皮的人氣同人作家。

……在我的遊戲製作社團負責角色設計兼原畫。

「難得來一趟，我們去看看吧。呃，在七樓對不對？」

「……不，還是別去了。」

漫畫虎之穴秋葉原店A的七樓，擺的是成人同人誌作品……穿制服的高中女生走進去會讓店員困擾，要自重喔。

「唔哇，好多漫畫跟輕小說！」

「妳別小看虎穴。不只是同人作品，商業作也豐富得嚇人喔。」

接著我們搭電梯前往的，是二樓以輕小說為主的商業出版品專區。

「啊，《戀愛節拍器》有擺出來賣耶，安藝。」

「……是啊。」

然後，當我們走到輕小說區時，堆放在中間平台又似曾相識的輕小說瞬間出來迎接我們。

那本書的書腰上寫著：「累計銷量突破五十萬本！全系列終於完結！霞詩子傾注渾身心力的最後一集！」。

霞詩子……本名霞之丘詩羽。

披著黑長髮大和撫子模範生外皮的人氣輕小說作家。

……在我的遊戲製作社團負責故事大綱兼劇本。

「話說回來，明明作品在滿久以前就完結了，還用這麼大的空間來陳設，霞之丘學姊果真是當紅作家呢。」

「嗯，那還用說……奇怪？」

這時，不只身為其學弟與社團伙伴，更是霞詩子狂熱書迷的我，差點就對作品在店裡得到的優厚待遇露出得意臉色，但突然轉念，環顧整層樓。

《戀愛節拍器》確實是人氣作品，不過春天完結的作品促銷到夏天，再怎麼說也……

仔細一瞧，那個平台貼著「本季改編動畫之作品特輯」的文宣，原本要促銷的顯然是其他作品。

換句話說，從狀況來判斷，只能想成有人刻意把本來擺在那邊的作品撤掉，換上了《戀愛節拍器》。

「這是怎樣，到底是誰搞這種惡作劇……咦？」

那一刻，我好像在視野一角捕捉到帶著黑色飄逸長髮，匆匆下樓的背影，連忙把後面要說的話吞了回去。

然後……

「加藤，就是這裡……這裡就是我們追求的頂點。」

「可是這裡才三樓，上面還有其他樓層耶。」

「我不是那個意思啦！」

「啊，再上去全都是賣成人作品的樓層嗎？」

「我也不是那個意思啦……」

我們最後抵達的是三樓，賣普遍級同人誌與同人軟體的樓層。

沒錯，我們將來完成的同人美少女遊戲會擺在這一樓。

那裡有各式各樣的同人遊戲外包裝簇擁地排列著，在在道出要從中脫穎奪冠是多麼激烈的競爭。

然而，我們無所畏懼。

「聽好嘍，加藤，妳要記著這一幕喔，這遲早會是我們的君臨之地。」

「這樣啊。你要加油喔，安藝。」

「妳也要加油啦……總之，今天買完comiket場刊就可以回家了。」

「唔哇，怎麼這麼厚？感覺根本放不進包包……」

沒錯，等著瞧吧，虎之穴……我絕對會再回到這裡。

我會在有明締造傳奇，凱旋回秋葉原給你看。

我一定會在comiket第四天……成為要排隊的社團給你看！

「謝謝惠顧。這是特典贈品，由柏木英理老師繪製的資料夾。」

「…………」

團隊裡有人已經打下一片天，感覺有點尷尬……

虎之穴池袋店A開幕紀念　深城府**女主角**入虎穴

二〇一三年四月下旬。

沒有空讓人介意像「奇怪？這部作品的時間軸還在二〇一二年才對吧？」的這種小細節，於平日某天的池袋……

依循西武在東口、東武在西口的池袋獨特文化，行經西武百貨旁，穿過東口地下道，然後來到地上走幾秒鐘。

接著，登上離車站前近得過頭的大樓七樓，走出電梯的瞬間，擴展在眼前的是整層樓的樂園。

「所以嘍，詩羽學姊……這裡就是漫畫虎之穴池袋店Ａ！」

「年底來的時候，似乎在另一棟大樓，他們遷店了嗎？」

「不，另一邊的店面也還在。」

「那表示，他們增開店面了？」

「沒錯！那裡轉型為專門迎合女性的池袋店Ｂ，這裡則變成專門迎合男性的池袋店Ａ！好比女校及男校！」

日新月異，不停進化的城市池袋……

在這塊激盪之地，人、建築物還有企業行號連片刻的停歇都不被容許。

即日起，以往的淑女樂園，將會展現出其兼容男性御宅族的胸襟之廣闊。

「……所以，一抵達池袋，你就把女生帶來『男校』究竟有何居心呢，倫理同學？」

「討厭啦，詩羽學姊可是迎合男性的輕小說作家……也就是說，對聚集於此的男同學而言是引導者。說起來就像這間店的女老師！」

「這間教室想舉行什麼獻祭儀式啊？」

……那麼，先不管這段毫無遮攔的對話，目前在我身旁的是霞之丘詩羽學姊。

她在我就讀的豐之崎學園是高我一個年級的學姊，也是穩居全校第一名的才女，實際上更是筆名為「霞詩子」的人氣輕小說作家。

處女作（作者本人是否為處女則不明）《戀愛節拍器》（由不死川Fantastic文庫出版）共五集，銷量達五十萬本，可謂備受期待的後起之秀。

原本憑我的立場，沒有辦法隨便向她這樣的人搭話，不過呢，我身為學弟就是愛黏學姊，身為書迷就是敢厚著臉皮，種種因素糾纏牽扯在一起，促成了這種複雜而難以解釋的關係……

「詩羽學姊，那我們先去巡視輕小說區吧。」

「不，我在這裡顧著店員把風，剩下就由你想辦法了，倫理同學。」
「妳叫我想辦法……想什麼辦法？」
「這還用問，就是你要完成將輕小說區的平面書架全部擺滿《戀愛接拍器》的作戰啊。」
「妳要用倫理同學這種稱呼，就不要命令我去做違背倫理的事情啦！」
……唉，這一位的這種性格，也是讓我們關係變得複雜的主因之一就是了。

「喔，找到了找到了，《戀愛節拍器》！學姊妳看，店裡有確實擺出來放在平台上耶。」
「以待遇而言，在Fantastic文庫差不多第四或第五吧。有點讓人不甘心。」
「……這部作品都已經完結了，別要求太高啦。」
在不死川Fantastic文庫的已上架輕小說專櫃中，規模跟其他作品比，能排到第幾名暫且不提……詩羽學姊的全五冊作品，都有好好地擺在平面書架上。
明明完結後也過了一段時間，似乎仍再版過好幾次，能成長為細水長流的作品，一直予以聲援的我也深有感觸。
「其實呢，明天我要跟熟人見面，所以打算買個五本第一集左右當公關書。」
「有那種需求的話，妳跟不死川說一聲就能拿到吧？」
「沒用喔，町田小姐可吝嗇了。」

「啊，是喔。」

為了不死川書店與責任編輯的名譽著想，我先做個聲明，詩羽學姊剛才那句話鐵定是假的，只要有恰當的理由，對方肯定願意多給幾本公關書……應該啦。

不過，這個人只是嫌麻煩，想用錢解決。

「喔，正巧剩五本耶，學姊。太好了。」

當我將擺放成堆的第一集抽了五本起來後，書架上剛好騰出了一冊的空間。

因此，這家店的《戀愛節拍器》第一集可喜可賀地達成完售……

「這是個好機會呢……」

「學姊？」

於是，如此的情況，好像讓詩羽學姊的眼睛發出了詭異光芒。

不，才不是「好像」。她在這種時候一定都會弄些鬼把戲。

「十、十本？」

「沒有錯，接下來你去跟店員說：『因為要買來做推廣，請幫我準備十本《戀愛節拍器》的第一集。』」

詩羽學姊剛剛才被站收銀的人一臉疑惑地問：「呃……這幾本都是同樣的書喔，請問妳要結

帳嗎？」結果書買完以後，她對我提出了更離譜的要求。

「等、等一下啦！以往我確實每一集都買了十本以上到處推廣，可是現在資金很吃緊耶！」

「……以往你曾經為我如此破費的衝擊性事實，讓人有點不知道該擺出什麼樣的表情，但我拜託你的並不是那麼回事。」

「是嗎？」

雖然學姊講話依舊城府深沉，可是只有那麼一瞬間，她的臉上浮現了完全不同的色彩。

「基本上，第一集目前在店裡已經沒有貨嘍，因為我全部買斷了。」

「啊，對喔。可是既然這樣，問了也是白問吧？」

「不，就是因為這樣，你去問店員才有意義。」

「所以說，學姊是什麼意思？」

「倫理同學，聽好嘍。假如對方回答：『非常抱歉，你找的商品目前缺貨。』你就大喊『真不敢相信』然後跟他鬧。『你們開書店，居然沒擺霞詩子的那部名作！』這樣臭罵他。」

「……這麼做有什麼意義？」

「事情鬧得那麼大，店裡肯定會對這次的失誤加以反省，下次訂貨量必然會一舉提高。」

「我說過了，既然要用倫理同學這種稱呼，就讓我依照倫理規範過生活嘛……」

即使現在怨嘆這些，面對學姊的這一類「央求」，我自然拒絕不了……

「不好意思～我要買十本《戀愛節拍器》第一集，請問有沒有存貨？」

「當然有！我現在從後場拿過來，請您稍待片刻！」

「咦？啊，等一下！」

我急著想叫住店員，結果對方聽也不聽地一路衝到櫃檯後面消失了。

嗯，相當令人有好感的誠懇應對方式，可是……

「……有貨耶，學姊。」

「……嗯，我會全部幫你簽名啦。」

「……哇～真幸運。」

福分薄女主角入虎穴

二〇一三某日。名古屋。

在過去被戲稱為「大鄉村」，諸如對炸蝦講究的民族性、大名古屋Building的命名品味及難逃虧本的早餐流血商戰等事遭人揶揄，都已是過往雲煙。中央大廈、央陸廣場、Mode學園螺旋塔……如今車站前大樓林立（大名古屋Building也順便拆了），顧客車水馬龍，還成了新幹線希望號所有車次行經都會靠站停車的大都會，中部地方的第一都市（自稱）——名古屋。

「倫也學長，請看……這就是漫畫虎之穴名古屋店的新店鋪！」

而在名古屋的土地上，平時都讓我包辦的虎之穴熱情解說，是由波島出海來開講。

她比我小三歲，是相隔三年才又見面的青梅竹馬，也是在入宅以後就奉我為師，時時追隨於三步之後，凝聚了黏人型學妹的理想，還添加巨乳天才同人作家的精華要素，擁有雄厚女主角實力的女孩子。

……先不管那些，目前身為東京都民的我們，為什麼會來名古屋？關於這一點，固然是有為了參加地方活動、出海要向我介紹原本的故鄉等緣故，但那些並非這次故事的本質，因此請容我省略。倒不如說，別再期待這個系列能將前因後果交代清楚了。

「不過我們來的這個地方……真是不得了耶。」

那麼，我們當下所在的位置，是從名古屋車站步行五分鐘，位處摩天大廈構成的街區對面，離新幹線出口稍有距離的某棟大樓前。

在那裡，立著前陣子才遷店至此的虎之穴名古屋店招牌。

「對啊，它是在今年四月搬過來的……搬來這塊競爭超激烈的區域！」

豈知正如同出海所言，虎之穴名古屋店的落址處，是競爭極為火熱的激戰區。

畢竟從車站來這裡，在路上幾乎一定會經過s〇fmap、指〇針、安〇美特、Mel〇nBooks，淨是讓御宅族為之戒懼的誘惑。

位在這條路前面的虎之穴，簡直是具有堅強意志之人才能抵達的世外理想國。

但我敢說，進了店裡就可以實現任何夢想。

「學長，今天由原本屬於名古屋人的我——波島出海為你介紹名古屋的所有御宅界遊覽熱點。請你好好地跟上來喔！」

出海活力十足地這麼宣言後，用她又小又軟的手纏住我的手，把我直直地向前拖。

「好、好啊，出海，今天就麻煩妳嘍！」

既有小學生的純真無邪，又具備女生格外柔軟的觸感，她如此積極地跟我接觸，讓我不由得

將音調拉高一些些。

「交給我吧！好久沒有跟倫也學長單獨相處了，我會用心表現的！」

「這麼說來，從上次夏COMI過後，我們都沒有見到面耶！」

「…………對啊，我是相隔三年才跟倫也學長命運性地重逢，然後一起在販售會上打拚，從同人活動學到了新的喜悅，又在幸福巔峰被等級高於自己的作家找碴還結下梁子，後來讓人晾到一邊，既沒有地位也沒有戲分的波島出海～」

「啊啊！對不起啦，出海！」

奇怪？她應該是純真坦率的黏人型學妹，戲路是不是開始往負面的方向發展了？

「學長！快點快點！」

「都叫妳等一下了嘛，出海。」

當我們從大樓一樓到三樓，在各樓層逛音樂、影像軟體、商業漫畫作品、輕小說的過程中，出海完全恢復活力了。

畢竟，雖然東京也有相同名稱，而且規模幾無二致的店家存在，不過其品項及從促銷活動中可以窺見的當地色彩，仍帶給我們新奇感。

在東京被人瞬間掃貨而沒能買到的初回限定版含特典，這裡照樣有貨；反倒是東京堆成書山熱銷的漫畫，到了這裡卻冷得有如風中殘燭……

那些料都料不到的情況，每每讓我們發出歡呼、面露苦笑、拿起商品左右尋思……然後不知不覺中，手上多了大大的紙袋。

「還有還有，學長。再上去的樓層也把店面重新裝潢過，是大幅進化的重點項目喔！」

「喔～那裡有什麼樣的商品？」

快樂時光毫無結束的跡象，出海依然握著我的手，拉我沿著階梯朝樓上趕路。

當我們在略為狹窄的那道樓梯，與其他客人錯身往上爬的時候，我跟出海不得不緊緊貼在一起，感覺彼此牽著的手逐漸冒出了汗水。

於是，在瀰漫著一絲甜蜜氣息的氛圍中，抵達的樓層是四樓。

「呵呵，其實呢～」

沒錯，那裡就是……

「我告訴你，倫也同學。」

「咦？」

在我們正要踏進四樓的瞬間……

「接下來有整整兩層樓都是女性專用區域……為了稱霸這塊御宅激戰區，名古屋虎穴想出了如此奇招。」

以男性而言偏高亢，卻又清澈響亮的嗓音從樓層中傳了過來。

「伊、伊織？」

沒錯，在那裡的是波島伊織。

從姓氏可得知他是出海的大哥，過去跟我是好友，如今則是宿敵。

為人又痞又有親和力，還受女生歡迎，宅度卻更勝於我，可以說是壞透了的同人投機客。

「儘管不及秋葉原或池袋的女性向B館，於地方都市的虎穴中，這裡的女性向同人誌貨色之齊全，幾乎無人能敵……你知道這代表什麼意思嗎，倫也同學？」

「不，先說說你怎麼會在這裡？」

「這表示，虎穴是在跟以往於名古屋車站地區封王的安〇美〇打對台。」

然而，伊織卻完全忽視我那再正常不過的疑問，像最終決戰前的大魔王一樣高談闊論。

……看來我現在得長眼一點，要迎合「吐槽就輸了」的潛規則才行。

「往後名古屋會有一番熱戰喔……究竟會變成共生共榮，還是鬥垮彼此呢？目前在地方都市之中，這裡是最不能鬆懈的。」

「不說那些了，伊織，你讓開啦。兩個宅男杵在迎合女性的樓層中間討論也會造成困擾吧。」

「討厭，倫也同學，你好像還不知道自己在這個場合的價值呢。」

「啥？你說什麼價值？」

「你知道眼鏡男在ＢＬ界有高度需求嗎？」

「所以你到底在講什麼啦！」

當我跟伊織激動得差點互揪胸口，就要陷入一觸即發的狀態時……

「…………好，我就是難得跟倫也學長單獨出遊，卻不知不覺地被遺忘，眼睜睜看著哥哥跟學長打情罵俏，既沒有地方立足又沒有存在感的波島出海～」

「唔哇啊啊啊啊啊～！」

後來，我們改掉原本規劃的御宅族行程，換成到壽賀○屋請客吃甜點之類的了。

不高興女主角入虎穴

二〇一三年十一月某日。秋葉原。

被國內外御宅族、把該族群當肥羊宰的生意型態、緊盯著雙方的萬世橋警察署，乃至靠抨擊御宅族混口飯吃的電視台，都要奉為絕對聖地的這塊土地，今天同樣活力十足……這座城市真的是不會學乖耶。

而今天，就讀豐之崎學園二年級的我——「blessing software」代表安藝倫也，正站在能讓這座活力城市更加熱鬧的新熱點前。

「英梨梨，妳看……這就是漫畫虎之穴的最新店面，秋葉原店C！」

在那裡，有一如往常地聳立於秋葉原中央大街的旁邊，對御宅族而言算是聖地中的聖地，虎之穴。

然而，其實我現在所站的位置，跟平時隔了一段微妙的距離……

「妳聽好，說到這裡啊……」

「隔著中央大街，位在平時會逛的秋葉原店A、B對面。內含同人誌、商業誌、古董品，將

『虎之穴』精華注入單一樓層，以核心店之姿開幕的秋葉原新名勝，漫畫虎之穴秋葉原店C……甚至備有專門舉行活動的樓層，Yumenosora Holdings集團根本是來掌控秋葉原的嘛。他們還跟AQUAPLUS攜手合作。」

「啊啊，那明明是我要解說的！還有妳別談到那些敏感的細節啦！」

「讓你熱血沸騰地在大樓前面嘮叨那些，也會為店方造成困擾吧。趕快進去把事情辦完然後回家啦。」

「等、等一下嘛，英梨梨！」

如你所見，拋下彷彿從官方網頁複製的解說詞後，走進大樓裡的人是跟我一樣就讀豐之崎學園二年級，在「blessing software」負責原畫，還是金髮雙馬尾的青梅竹馬——澤村・史賓瑟・英梨梨。

我跟英梨梨是認識十年之久的熟面孔，但我們一起走進虎之穴，其實在我數不盡的來店經歷中還是頭一遭。

雖然說，那是我們長達好幾年的絕交期間，還有英梨梨這個女生深居簡出，又偏愛網購的生活模式重疊在一起的必然結果。

然而，英梨梨這次刻意打破其傳統，不惜像這樣動身陪我來到秋葉原巡禮，似乎有許多她個人的因素……

「紀念開店的簽繪板？」

「對，我上個月畫好寄出的。因為有寫上『致秋葉原店C』，所以他們應該會陳列出來。」

「喔……」

英梨梨在電梯裡談到的理由，跟我這種單純來買東西，或為了開店紀念特賣的普通顧客在傾向上……應該說，在觀點上有點不一樣。

這樣啊，原來所謂的創作者視野就是這麼回事……不，我想八成不對。

不過，英梨梨居然會專程來看自己畫的簽繪板被陳列的樣子，想必她還沒有忘記創作者的純粹心靈，我有點欣慰兼難為情……

「從陳列的位置，差不多可以曉得社團有多少斤兩。我得再一次確認自己的定位，檢視下次該把哪個社團擠掉才行。」

「唔哇，好討厭的社團觀點！」

我以後絕對不會再用「純粹」這種詞形容她了……

「好啦，我們到了。」

「…………」

於是電梯的門在三樓打開，走進店內的我們，打算找英梨梨的簽繪板而在裡頭移動……

「呃，我記得是在靠內側的位置……啊，這邊啦，倫也。快點快點。」

「哪能過去啊啊啊啊啊～！」

英梨梨正要挪步時，我拚命拉住她的手臂，制住了她的行動。

這是因為，英梨梨要去的地方是同人專區……呃，同人本身是無所謂啦。

只不過，假如那是在入口掛了看板，表示「未滿十八歲請勿進入」的限制級同人專區……

「……為什麼？」

「不，哪需要問為什麼，就是不行吧。」

由於我這種行為，英梨梨明顯壞了心情，用比平時更彆扭的態度對我使性子。

……霞詩子的簽名被陳列在普遍級商業出版品專櫃最顯眼的地方，對英梨梨來說好像也是大大扣分。

「我們又不是要買東西，也沒有要試閱，更沒有要順手牽羊啊。」

「即使如此……不對，最後那項在任何地方都不行啦。」

不只英梨梨，我所介意的事情對其他高中生來說，肯定也不是多大的問題。

雖然店員們應該是出於體貼，基本上如果「只是走進」十八禁專區，大家都明白根本用不著

對人橫眉豎目。

「總之，有我看著就不可以違反規矩。」

「你好麻煩……」

「我這種性子，妳老早就知道了吧。」

「……」

「我去結個帳。」

即使如此，就算我會幫忙製作情色同人誌，就算被揶揄為倫理同學，就算對情色遊戲的知識莫名熟悉，我仍有正正經經地遵守至今的一條底線。

「久等啦。那我們回家吧。」

「……你可以自己先走啊。」

在我從櫃檯回來的短時間內，英梨梨的心情自然不會恢復……

所以，我將戰術換成B計畫。

「那就那樣好了，但這個給妳。」

「這是什麼？」

「結帳時，我集點換來的。」

「咦……」

我舉到英梨梨面前的，是虎之穴集點兌換精品中的「小虎吊飾」，秋葉原店C版本。

「謝謝妳今天陪我。」

英梨梨壞了心情後，需要的是禮物。

而且，無論是多小的東西都可以，只要那能證明我們曾在一起。

那是某個女生教我的，有點卑鄙的作弊技倆。

「……我也要去結帳。」

「啊……」

然而，這種老招在虎之穴似乎不管用……

英梨梨沒有收下我送的吊飾，她拿起身邊的雜誌，走向櫃檯了。

不過呢……

「倫也，給你。」

「這個是……」

從櫃檯回來的英梨梨跟剛才的我一樣，把某樣東西舉到我眼前。

應該說，那跟我手上的東西相同，是集點兌換的吊飾。

「我不能因為這點小事就欠你人情……好啦，我們交換。」

一說完，英梨梨就把自己換來的吊飾推給我，然後硬是搶走我換到的同款吊飾，再迅速把那掛上自己的包包。

可是……這樣不就等於……成雙成對……？

祝賀改編動畫定案　不起眼動畫化慶祝法

「寫給改編動畫的訊息？」

「嗯，說是想請我們寫在這張賀箋上。」

一如往常的傍晚、一如往常的視聽教室、一如往常的社團活動……沒想到，今天的主題跟平時有些不同。

我——安藝倫也，與加藤——加藤惠面對面地坐於桌前，而在桌面上有一張信箋，以及一張名為委託函的列印紙。

還有，委託函的內容是以「平時多受關照了」起頭，接著以公文性質的字句寫道「煩請各位在所附之信箋上，寫下對改編動畫的賀詞」，最後用「不起眼製作委員會」的署名作結。

……說來無關緊要就是了，這個委員會不能取個像樣點的名稱嗎？

「所以嘍，其他人都已經寫完了，據說最後只剩我們。」

儘管有如此突兀又脫離常軌的委託落在頭上，可謂象徵著日常生活依然照舊的「不起眼女主角」加藤，仍是一副淡定的模樣，將簽名筆遞給了我。

「噯，加藤……玩這種後設的橋段好嗎？」

可是，對於加藤那種跟平常一樣萬事ＯＫ的態度，我實在無法接受。

「在宅界作品中，後設哏是最不好處理，稍有差錯就會讓人嫌棄到底，還會被網民跟討匪誅賊一樣圍剿耶，妳懂那些卻輕易地接下了這顆燙手山芋嗎！」

沒錯，後設哏是帖重藥。就算這部作品迎合的是宅界中人，也不能濫用。

好比說，要是遊戲中的角色自己說：「其實我們所在的這個世界，是遊戲中的世界啦！」任何玩家聽了都會覺得「別鬧啦！」對吧？

「哇～原來這個人會講這種話耶～」

「冷淡！妳給的反應好冷淡！」

然而，加藤無視我憂慮作品前途而認真提出的那些批判，她還是用一如往常的超淡定反應來敷衍我。

「反正我們在動畫裡，也會大玩特玩這種題材吧？就是你說的『後設哏』。」

「才沒有！我們拚的是有趣的內涵！」

「你在立旗對不對？噯，你那樣算是在立旗對吧，安藝？」

「別再說啦啊啊啊啊啊啊啊啊啊啊～！」

不對，加藤最近這種出於本色的吐槽方式能叫淡定嗎……

「好啦，事情都成定局了，很麻煩就趕快寫一寫吧。」

「好、好啦……」

從作品或商業的觀點而言，改編動畫都是件喜事，感覺用「很麻煩」帶過也不太對，但是我對加藤也無可奈何，跟她一起望著已經先填妥幾句賀詞的信箋。

「哇，不愧是英梨梨。還附了插圖耶。」

「她在這方面真的是老江湖。」

在信箋中央，先勾住目光的是用可愛美少女插圖點綴，充滿裝飾感的賀詞。

我們社團「blessing software」的招牌插畫家兼美少女同人作家，澤村・史賓瑟・英梨梨的親筆畫作。

「所以英梨梨的賀詞寫了什……唔哇。」

「怎樣啦，加藤……呃。」

『喂！為什麼動畫的主要視覺圖是惠！』

「…………」

「…………」

她的留言內容實在太那個，當我們尷尬地垂下目光後，發現底下還有格外勁秀的字跡躍然於紙上。

看了署名，才知道那似乎是社團的最重要人物——劇本寫手兼美少女輕小說作家，霞之丘詩羽的親筆留言。

起初由於字寫得龍飛鳳舞，我們無法看清留言，凝神細讀後，發現有相當直接的尖銳字句藏在其中。

『加藤，妳最近挺得瑟的嘛，不是嗎？』

「…………」

「…………」

此外，各位若不明白她們的主張有何意義，請參考動畫版官方網站（http://www.saenai.tv）。

話說回來，該拿這兩個人強烈散發出的落敗者氣息怎麼辦呢……

「安、安藝，主視覺圖像要換人的話，我是不介意啦……」

「呃，不好意思，製作單位的考量還是比我們社團裡的人際關係重要。」

「咦～」

我一邊靠逃避現實的對話虛應了事，一邊又看到寫在右側的可愛圓圓字跡。

從署名可以得知，這似乎是在對手社團「rouge en rouge」當上招牌原畫家，才華洋溢的國中生同人作家——波島出海所留的訊息。

『會、會有我的戲分嗎……？』

「……不要緊啦，出海。日前透過錄音帶試音，已經選好聲優了。」

「安藝……你真的是安藝嗎？」

再看到左側，有一段用潦草字跡寫下的意見，即使不看署名，也認得出是誰這麼隨便。

在我們社團負責配樂，動畫歌地下樂團「icy tail」的歌姬，我那令人遺憾的表親冰堂美智留所寫的留言。

『不用說～主題曲一定是由我來唱吧？』

「呃，那還得看音樂公司的意向，至於當下能確定的是……」

「安藝，所以到剛才還在抱怨『後設哏』的是誰呢？」

「不提那些了，我們差不多也該動筆啦，加藤。」

「啊，好的。」

總而言之，對別人的意見出意見也沒用，我們同樣拿了簽名筆，開始在信箋上俐落寫起所謂的賀詞。

「呃，加藤，幹嘛寫在那麼邊緣的地方？妳好歹是第一女主角耶。」

「我想呢，就是因為一輩子都去不掉那個『好歹』的關係吧……好，寫完了。」

於是，伴隨著如此敷衍的台詞，加藤在信箋右下角小小地寫上了她的留言。

『希望為我配音的聲優能盡早決定。』

「加藤，我就說了，製作公司的考量要優先於個人意願嘛……」

「不必再用委員會的立場講話了啦，安藝，你寫了什麼？」

「我嗎？對於這次改編動畫……我會以積極正向的留言來作結喔，如何！」

我帶著這種氣勢，一舉用掉了信箋的上半部空間振筆疾書。

『希望第二季能盡快敲定。』

「……你會不會太性急了一點？話說，還有其他需要先出第二季的作品吧。」

「這種事情沒有什麼性不性急啦！」

「是嗎？聽說有的作品是第一季做得很爛，卻在最後一集表明要出第二季，搞得騎虎難下，沒有任何人幸福耶。」

「別說了！妳別說那些啦！」

TV動畫《不起眼女主角培育法》將在二〇一五年一月於noitaminA開播！（註：此為日本狀況）

註：假如腳本家溜了就未必如此。

不……不合理盛夏日度假法

某年夏天，某縣某處的某片海岸。

「夏天！大海！海水浴～！」

「好熱～好懶～我想回家～」

「我們才剛來耶，阿倫……」

在這麼一塊既不是宅界景點，也不算聖地，感覺隨處都有的度假海岸，正捧著腦袋在沙灘傘底下瑟瑟發抖的我，名叫安藝倫也。

身為同人遊戲社團「blessing software」的代表，我有意燃燒自己的熱血，於同人遊戲界締造傳奇，是個典型（個人感想）的御宅高中生。

「再說，美智留妳告訴我，我究竟為什麼會在這種地方……？」

還有，一邊低頭看著那樣的我，一邊用全身沐浴陽光擋在眼前的人，是與我同年的表親，冰堂美智留。

於同人遊戲社團「blessing software」負責配樂，又在動畫歌曲樂團「icy tail」擔任主唱，光看頭銜根本宅氣沖天的她，內在卻是個如假包換的現充高中女生。

「好不容易到了夏天，我說要出門找地方玩，一路討論到最後不就決定來海邊了嗎？」

「妳一路都在跟我唱反調啊！我說過，不出門才是首選，秋葉原次之，留在家裡排第三。為什麼要硬拉我出門！」

「阿倫，不這樣的話，你絕不可能來海邊嘛……話說冷靜想想，你的首選和第三根本就一模一樣，好過分喔。」

「我倒覺得妳(美智留)不由分說來硬的，比我耍嘴皮子還要過分……」

而我宅成這樣，之所以會來到海水浴場這種都是全家福或情侶的現充巢窟……也罷，反正都已經交代清楚了。

「再說美智留，妳那些樂團的朋友呢？妳約她們不就好了。」

「啊～她們今天好像要去聽動畫歌的演唱會，所以沒空。」

「我也想去她們那邊！我想去的是她們那邊啦！」

「好了啦～阿倫，別那麼說。你看你看，這裡有泳裝美少女喔～」

「妳用那種口氣就沒什麼好談的了……」

聽對方說：「有泳裝美少女喔～♪」結果眼前有穿火辣比基尼的人，真的是不折不扣的健美修長美少女，那這句引子就沒有笑點存在，只是單純炫耀。

要不是身為當事者，我早就一邊帶著冷冷的眼神咂舌，一邊當耳邊風吹過了。

「阿倫，你小時候還不是跟我一起在山上到處跑。起碼今天回歸童心嘛～」

「那妳也變回小孩的身體。」

沒錯，只有心靈回歸童年，已經失去的幼童體型也不會復返。

話說不行啦，這傢伙穿泳裝太搭了吧……為什麼這種正妹會在宅圈子混啊？（※社團代表硬把人拉進來的）

「所以，既然我們都已經來了，就放開心胸玩嘛。對了，我幫你的背塗防曬油。來，躺到那邊。」

「不，一般來講，我們兩個的角色反了吧，妳到底多有男性雄風啊。」

雖然用有色眼光來看，會覺得所做的行為很那個，但從她本人身上感受不到一絲絲身為女生的自覺，倒是莫名地令我慶幸。

話說，這傢伙套用到美少女遊戲裡壓根兒就不像女主角，而是男主角才對。

「咦～阿倫，不然照一般的角色分配，你就肯做嗎？要幫我的背塗防曬油？要嗎要嗎？」

「什……！」

沒錯，我從這傢伙身上感受不到一絲絲身為女生的自覺。

話雖如此，連身為女生的羞恥心和戒心都感受不到讓人非常頭痛。

「啊，這麼說來，之前你逼我看的動畫中，有穿泳裝的女生把防曬油倒在乳溝，逼近主角問『能不能幫我塗勻呢？』的橋段耶～……是喔，原來對你來講要那樣才叫一般……」

「對不起，請幫我背後塗防曬油，麻煩妳了！」

呃，我絕不是因為怕了才退讓喔。

只是照御宅族的規矩，能曬黑的只有從襯衫露出來的臉跟手臂而已。

沒錯，塗防曬油的劇情事件從一開始就不存在……

「好～準備運動做完了，防曬油塗了，肚皮也填飽了，游泳吧～！」

「妳有很多環節都搞錯順序了吧……」

這傢伙才剛吃完炒麵、烤花枝和刨冰吧……

「阿倫，你也一起來吧？要不要比賽誰先到海面上？」

「呃，我才剛塗過防曬油。」

話說，這傢伙也才剛塗完防曬油（註：我沒有幫忙），立刻下海就沒意義了吧。

「那有什麼問題，游完上來我再幫你重塗啦。好了，走吧走吧？」

於是，美智留緊緊握住我的手，然後咧嘴一笑。

她那毫無邪念，卻格外有魅力的舉動讓我忘記天氣方才有多熱，棘手的是體溫卻燙了起來。

……慢著，等一下喔，難不成今天真的只會把美少女遊戲的海邊劇情單純跑一遍？

「……奇怪？」

就在我隱約感覺到遲疑，被美智留拉著站起來，然後走到太陽下的瞬間……

「……阿倫？」

理應一口氣變得耀眼的視野，卻莫名一口氣全黑了。

「咦，等等……」

連帶的，我也失去分辨上下的知覺，甚至分不出自己是站著還是倒在地上，更不曉得自己的身體狀況是否無礙。

「阿倫！我在叫你耶，阿倫！」

在我耳邊，有美智留的呼喚聲模糊地響起，然而我也分不出那聲音是現實還是二次元。

不對，美智留不會是二次元啦……

可是呢，我想到了。

即使並非二次元，這也有可能是在作夢。

啊，這樣啊，原來這是一場夢。

目前的我，正要從夢中醒來。

搞什麼，美智留居然因為在夢裡，就一再挑逗我……呃，對於夢裡的情節，還有夢中人物登場方式的責任歸屬，或許不詳加深究才是為我自己著想。

……總之，可喜可賀的是，夢境要就此結束了。

等我醒過來，會發現自己躺在房間床上，抬頭則有貼在天花板的二次元海報美少女，她的水亮眼睛和濕潤嘴唇都近在眼前……

「阿倫……你醒醒。」

「嗯……？」

一回神，看來意識似乎正在半夢半醒之間，我又跟夢中的美智留見面了。

那個美智留，和我房裡的海報美少女擺著相同表情，還緩緩閉上水亮的眼睛，將濕潤的唇湊向我嘴邊……

「不，等一下，唔哇啊啊啊啊啊啊啊～！」

「啊……阿倫，你醒過來了？」

「妳妳妳妳妳……妳在幹嘛！」

「沒有啦，因為你好像昏過去了，所以要做人工呼吸啊。」

「那是溺水時的急救方式！中暑和頭暈目眩不用人工呼吸！」

「啊，是喔～哎呀，幸好幸好。差點在這種情況捨棄掉寶貴的初吻～啊哈哈哈哈～」

「妳不要隨口把重要的事情帶過！還有別跟美少女遊戲的男主角一樣，做什麼事情都這麼有男子氣慨啦，小美！」

弄成這樣，簡直我才是不起眼女主角嘛……

來自作者的央求：請不要帶著冷漠的眼神一邊咂舌，一邊將這篇故事草草略過。

耍偏心女主角逛虎角商店

新宿車站……是乘降客人數傲居全球第一的巨大車站建築。

由於實在太廣闊，ＪＲ、地下鐵、民營鐵路的搭乘人數都極為可觀，光是一條路線發生事故就會人滿為患；徘徊於地下街，會發現不知不覺間來到了新宿三丁目；對於「京王新線在哪裡！」心存不解，結果那其實只是都營新宿線；抵達西武新宿站後，會讓人後悔「對喔，要轉搭山手線只需在高田馬場下車就行了」的都會區迷陣。

在那樣的新宿，風差不多開始變得有點冷的晚秋午後。

離開東口，走過大天橋往西口而去，在回〇橫丁對那些白天就喝起酒的大叔投以側目，然後穿越人行道來到小巷，路經I〇NARI牛排館的人龍……

「所以嘍，詩羽學姊，這裡就是虎角商店新宿西口店！」

「說到虎角商店，我記得是由虎之穴和ＫＡＤＯＫＡＷＡ……」

「沒有錯！ＫＡＤＯＫＡＷＡ集團的商品項目格外齊全，話說，這間聯名商店就是因為只擺ＫＡＤＯＫＡＷＡ集團商品的乾脆理念而造成話題！」

我指向某棟大樓的四樓附近，並一如往常地賣力朝身旁結伴而行的人搭話。

「今天在這裡，我有東西無論如何都想讓詩羽學姊看看。」

是的，如剛才所說，在身旁與我結伴而行的人是指霞之丘詩羽學姊。

明明只跟我相差一歲，所著輕小說銷量卻超出五十萬冊的人氣作家，資歷簡直像開了外掛的黑長髮美女。

「你說話的方式若有深意呢。倫理同學，你想讓我看的東西究竟是什麼？」

「這個嘛，提示是……跟《戀愛節拍器》有關！」

於是，我自信滿滿地對詩羽學姊提起她的代表作名稱。

畢竟只給這一點提示，應該還不至於沖淡學姊在店裡目睹「那個」時的震撼。

畢竟……

「可是，出版《戀愛節拍器》的不死川書店是隸屬於ＫＡＤＯＫＡＷＡ集團嗎？」

「不要觸及現實跟虛構的曖昧界線啦！」

因為如此，本次呈現的故事情節，將微妙地交錯於現實與虛構的界線。

搭電梯上四樓，讓人用「歡迎光臨～虎角商店承蒙您的惠顧～」這種跟家庭餐廳一樣的招待詞（註：發自男店員）迎接，心情有些害臊地入店以後，我直直地朝店內最裡面的左側走……

不對，因為得先左轉，所以無法一路直走就是了。

「鏘～！怎麼樣，詩羽學姊！妳看這家店有多推薦《戀節》！」

「………」

接著，當我指向一座書架，詩羽學姊頓時跟料想中一樣定住了。

畢竟那座書架放的商品，只有詩羽學姊……霞詩子的著作《戀愛節拍器》。

足以擺放百冊書本的寬廣空間，真的只用《戀愛節拍器》填滿了。

還不只如此。不對，或許應該說，這裡用了更極端的做法。

「還有這個妳覺得如何，詩羽學姊！店內對沙由佳的偏愛程度！」

「…………………」

擺了那麼多的書，文宣及推薦文自然也相當豐富，然而不知道為什麼，在那個專櫃所做的促銷宣傳全傾注於某一個角色。

無論推薦文或文宣，都充滿對詩羽……呃，對沙由佳的愛，偏心程度甚至讓人誤會《戀愛節拍器》並非講三角關係的作品，只是一對情侶大秀恩愛的故事。

總之，希望大家務必也要來看看這家店的不起眼女主……不對，看看這裡的戀節專櫃。

肯定會在各方面感到傻眼……呃，我是指感到驚訝。

「要說的話，對於選擇不了沙由佳和真唯的我而言，看店方偏心成這樣也有點意見啦！不過

面對這種厚愛，會覺得那些都無所謂了！」

「…………………………」

對於我那好似被店員附身的熱切口吻，詩羽學姊始終保持著沉默。

無論是有著苦笑味道的感謝及感激之言、略顯不敢領教的揶揄與遮羞之詞、嗜虐狂般的批評和臭罵語句，至今仍沒有從她閉成一條線的嘴巴冒出來。

「……學姊？」

應該說，她那種表情好像是我從以前到現在都未曾看過的。

雙頰泛紅，笑不出來也生不了氣，又想不到適當的話講，還冒了冷汗。

簡而言之就是超難為情。

「……回家。我要回家了。」

「咦？」

沒錯，甚至讓學姊急著當場落荒而逃。

「謝謝光臨～」

店員又用無謂有精神的嗓音送客，我們則從走進去還不到三分鐘的店鋪離開了。

後來，詩羽學姊狂按電梯的呼叫鈕，等電梯的期間還抖腳抖到噠噠作響，感激（？）的模樣實在令人動容。

「學姊，感覺妳現在跟沙由佳一樣耶。」

「要你管。」

「差不多該習慣接受讚賞了啦。學姊的《戀愛節拍器》就是轟動成這樣也一點都不奇怪的作品啊。」

「在這種場合聽你說那些，只會更讓人難堪吧！」

接著，在我們搭電梯的期間，詩羽學姊猛盯著顯示樓層的數字，一會兒弄頭髮、一會兒捶牆壁（大樓管理公司對不起），不停地重複奇奇怪怪的舉動。

跟往常學姊卯起來進入創作模式的症狀別有不同，這模樣有這模樣的新鮮。

……假如把這些話說出口，之後學姊恢復本色時不知道會遭受多少反擊，因此我不講。

「那接下來要怎麼辦？離社團聚會還有不少時間……」

離開大樓，再次回到巷道以後，風依然很冷，旁邊的I〇NARI牛排館排隊排得更長了。

在如此安心的氣氛中，詩羽學姊重複做了兩三次深呼吸，彷彿已經沒有事情般朝回家的路踏出一步……

「倫理同學。」

「什麼事？」

「剛才那個專櫃的照片，你有拍下來吧？」

「妳想要嗎？」

而且，在最後表露出一絲不捨。

女人心……應該說，作家的心真是難懂。

事後，透過不死川書店編輯部要到的店內陳設照片，現在被詩羽學姊設成了智慧型手機的待機畫面。

落人後女主角逛MelonBooks

秋葉原中央大街——

本來由新橋通到上野的中央大街，在ＪＲ秋葉原站到東京地鐵末廣町站一帶，有動畫及情色遊戲的大招牌占據高樓樓頂。有極光螢幕不停播放宣傳影片，路上更有宣傳用的彩繪巴士繞行，是日本傲居全球的御宅族大街。

而且在那當中，從ＪＲ秋葉原站電器街出口向西走去，穿過天橋下的交通號誌右轉僅約五十公尺有各式各樣的店舖林立，屬於市占率競爭火熱的激戰區。

比方速食店有松〇、吉〇家、ＧＯＧ〇咖哩競相削價。電玩中心則有ＣＬＵＢ　ＳＥ〇Ａ、Ｈ〇ｙ競相削價……

至於宅界書店……有ＣＯＭＩＣ　Ｚ〇Ｎ、〇－ＢＯＯＫＳ競相削……不對，感情融洽地彼此切磋琢磨……

「所以嘍，英梨梨，這裡就是ＭｅｌｏｎＢｏｏｋｓ秋葉原一號店！」

「我曉得啦。」

於前述H○y所在的大樓一樓，沿著有成排抓娃娃機的通道朝裡面前進，該店就位於從通往地下的階梯走下去的位置。

「無論同人或商業、書本、遊戲或CD、普遍級或十八禁，在同一樓層全齊全，簡直可說是御宅族的中央批發市場！換句話說，來到這裡的顧客，都是獲神選召（任何人皆可隨意入店），簡直就是御宅族捐客！（並無指涉轉賣業者的用意）」

「就說我曉得了，畢竟我有幫小Melon畫過QUO卡插圖。」

「不愧是柏木英理老師！」

「然後呢，為什麼今天要帶我來這裡？基本上，Melon靠網購就夠了吧？我也有使用他們的服務，相當實惠方便啊。」

「OK，謝謝宣傳！但我們今天的目的不是購物！」

「……不買東西卻賴在店裡，對店裡的人和其他顧客不會造成困擾嗎？」

「店員、顧客們對不起！可是我們現在要做的事，對目前的妳來說就是有這等價值……」

「所以你到底想幹嘛？」

基本上，英梨梨星期六日都繭居在家，對於今天硬是被我拖出來的事更是從早就一直抱怨。

「英梨梨……妳要懂得看風！」

然而，我為消極的英梨梨打氣。

「偶爾也該出門！御宅族征服街道吧！別只是上網，要透過肌膚、透過空氣感受風潮！」

沒錯，今天我們會來到這裡，目的就是要讓這陣子略顯低潮的英梨梨取回對創作的熱情。

「你講的『風』是什麼？為什麼要體會御宅族的流行，就應該特地來店裡？」

「英梨梨，那是因為……在Ｍｅｌｏｎ的店鋪會有這樣的書塔！」

說著，我指向位於入口旁的新刊展示平台。

「Ｍｅｌｏｎ店員堆起來的書……？」

「連妳也曉得啊……」

在那塊平台，基本上如每間宅界書店所做的，會將許多新刊用平放的方式堆起來。

然而，當中仍有部分商品的高度、堆疊方式及推薦型態可以和其他店家劃清界線。

任何店家皆然，有熱門作品，抑或特別吻合該店客層，抑或另附店家專屬特典的刊物，就會陳列得比其他商品醒目。

但在MelonBooks秋葉原一號店，則是將書本疊得又高又華麗，熱血到已經讓人搞不懂那是在促銷，還是想當成裝飾，抑或者是純屬自我滿足的地步。

說真的，我每次目睹都會心想：「真虧這玩意兒沒倒……」

「坦白講，我是覺得很猛啊。不過，這也會在推特之類的地方成為話題，或者被人貼照片出來不是嗎？（禁止擅自攝影喔）」

「是啊，只是要得知銷路，從網上確實也可以獲取『情報』才對。」

英梨梨這樣的反應，對我來說在意料之中。

畢竟這傢伙受限於「來店裡時自己就是消費者」的刻板觀念，某方面而言跟我一樣，都是只懂消費的豬玀。

然而……

「但是呢，英梨梨……看在自己的作品被人像這樣堆起來的創作者眼裡，會是何種感受？」

「咦……？」

「我在問妳，假如被Melon店方這樣堆起來的是《柏木英理作品集～cherry blessing～初回限定版》，妳會有什麼感覺？」

「什……」

「當這座塔隨著時間逐漸瓦解（Inferno）……無疑就表示自己的書正隨著時間，一本接一本地被人買走！」

從普通消費者的觀點，頂多只會有「這銷路不錯耶，我也讀讀看吧？」的感想。

由粉絲的角度，或許會帶動「好耶！夯到不行！應該多買兩三本推廣！」的買氣。

然而，作者身為當事人，受到的震撼可無法相比……

「妳不希望自己在將來，也能體驗那樣的震撼嗎？」

「…………」

「今天，我們是為了想像那種震撼而來的……妳要想像，此刻在這裡的書賣得飛快，並且一邊看著書塔瓦解，一邊心想：『假如這是我自己的書……』！」

在我如此熱血地訴說時，本週主打的新刊書塔仍逐漸變矮。

人與商品的流向融為一體，進而創造流行的這種感覺，是別處難以嚐到的醍醐味。

所以，我就是喜歡ＭｅｌｏｎＢｏｏｋｓ帶起的這陣「風」……

「……呃，那我問你喔，倫也。」

「怎樣？」

「那套說法，是你自己想到的嗎？還是別人分享的體驗談？」

「嗯！我曾經和詩羽學姊一起在《戀愛節拍器》第三集的發售日來這裡！結果學姊一直用認真的表情，望著自己的書塔逐漸瓦解，大約有一小時都沒有從這裡移動，她那種反應看了就讓人覺得欣慰！所以妳也……」

「我要回去了！」

「英梨梨？」

後來，為了安撫莫名其妙鬧脾氣的英梨梨，我被迫買了大量宅界精品和甜點之類的請客，還奉陪到晚上，然而這暫且不提……

假如各位發現，有顧客會站在Ｍｅｌｏｎ的新刊書塔前，格外執拗地算著數量，或用溫馨的目光守候流動的人群，希望你們也能注意看看。

儘管那大多都是書迷，但偶爾也會有相關人士，甚至是作者本人……

不起眼**光碟**盤尋求法

某個週末，山手線的電車內。

跟平常一樣，我用充滿活力，又盡量避免對旁人造成困擾的高亢嗓音低調說話；加藤則是一如往常地淡定，所以何止不會造成困擾，甚至埋沒到無人認得出其存在。我們就這樣抓著吊環，討論今天的行程。

「走，加藤！我們今天要去訂《不起眼女主角培育法》動畫的藍光光碟！」

「啊，今天是走『後設哏』的路線嗎？」

「……嗯，我啊，我們已經發誓要走在刀尖上了！我們決意要毫不猶豫地向前衝！」

由作中的登場角色談及自身作品，也就是所謂「後設的虛構情節」，這對於作品評價是道雙面刃，應該說，近年來主要都是以負面作用居多。

畢竟在後設劇情中，光是讓角色發言表示：「玩這種哏很冷耶～」格外有說服力，而且只要先聲明：「我是不會否定後設哏啦，但是玩得不有趣就NG。」就能裝出內行風範，吐槽起來穩又安心。

話雖這麼說，對於「既然你都曉得就別玩這套嘛」這種再正當不過的意見，仍然要華麗地予以忽視就是了。

「我們到了，加藤！到我們的聖地！」

「呃，何必說是我『們』的呢……」

先不管那些無關緊要的事，幾分鐘後，走下電車的我們所站之處，是老地方秋葉原。

走出電器街口的驗票閘，立刻有電子招牌帶來滿坑滿谷宅內容的這座城市，總是能勾起新鮮的鄉愁，是時時讓我感受到懷舊與新穎的奇妙景點。

「好～如剛才所說，先去訂藍光光碟……慢著，妳到底想去哪裡，加藤？」

「咦？不是要訂動畫的光碟嗎？既然這樣，出車站走幾步路就……」

一抵達車站，儘管我們專程從電器街口出來，加藤卻馬上就想從通往中央口的聯絡通道穿過去，我看出她的目的地，立刻出聲把人叫住。

「妳不懂，加藤，妳一點也不懂！」

「啊，聽你剛才的口氣我就懂了。接下來你會扯一堆既煩人又不講理的歪理。」

「加藤，妳聽好，買動畫的藍光光碟，並不是拿到包裝過的光碟盤就行了！」

無意中發現對方講話也滿毒的我華麗地將其忽略，接著，為了把購買動畫光碟的教戰守則再

一次灌輸給加藤，我在車站扯開嗓門。

「好，加藤，雖然這麼說很突然，我們來猜謎。向一百名御宅族請教……訂動畫光碟最要緊的東西是什麼？」

「呃，折扣率？」

「可惜，那排在第二名！最重視那一點的人都會聚集到A○az○n的門戶前！像我這樣子專程實地到店家，還會找預約券找到眼紅的動畫阿宅，最重視的究竟是什麼呢！」

「是是是，我明白啦。特典對吧？」

「沒錯，就是特典！而且不是廠商準備給所有店家的共通特典喔。而是店方迷上該作品，無論如何都想鋪貨來賣，主動提出企畫，克服跟製作委員會及各界人士的交涉後，總算把超豪華○大特典送到顧客手中，我講的就是這種買了會讓人覺得如獲至寶的貨色！」

「……明明只要說一句『在特典內容最棒的店家訂』我就懂了，為什麼你要特地用這麼拐彎抹角的方式說明呢，安藝？」

「來吧，我們試著對這次各店家準備的特典做比較……加藤，麻煩妳看這張清單。」

無意中發現對方也不遜色的我華麗地將其忽略，接著，為了把挑店家的精髓再一次灌輸給加藤，我攤開用EXC○L製作的特典一覽表。

「……每家店都附了好多東西喔～這麼賣力推這部作品沒問題嗎？」

「儘管種種精美的特典都難分上下，照我看還是要選這家……」

無意中發現對方……話說，這傢伙最近玩自我消遣的哏是不是越玩越溜了？而我華麗地將其忽略，然後指出排在清單最上面的店名。

「沒錯，就是虎之穴！全集連動購入特典有向其他作家邀稿的FAN BOOK及角色原案——深崎暮人繪製的Ｂ２掛軸！此外，還有抽選特典等等，都是讓人流口水的特典！我肯定只有虎之穴這一個選擇……喂，加藤，等等！妳要去哪裡？」

「不是要去虎之穴嗎？那在中央大街吧。我們趕快過去把東西訂好吧。」

「最近……妳忽略我的方式，是不是已經冷淡到無法用忽略來形容了？」

「咦～會嗎？嗯，或許是吧。」

「是喔！」

「到了耶，秋葉原店Ｂ。記得有賣動畫的是這間虎穴，對不對？」

「加、加藤……妳這傢伙真是……！」

在不知不覺中，加藤已經對秋葉原虎穴的所有店鋪位置及職掌有了通盤理解，我大為感動，還產生了幾許莫名的恐懼。

記得她去年都還沒有逛過宅店……到底是受了誰的影響？

「很、很好！那我們一直線到櫃檯訂貨吧！訂完就到U〇X的塔利〇啡喝個茶。」

「喔～店裡也貼了不少《不起眼》的海報耶……啊，安藝，我問你喔。」

「怎樣？」

「這裡寫的『澤村・史賓瑟・英梨梨聲援店』是什麼？」

「…………糟啦啊啊啊啊啊啊！」

仔細評比過各家店舖的特典後，我應該會找到對自己而言最佳的一間店，在最佳的時間點華麗地完成預約才對。不，直到方才，我都有達成那一點。

可是就在這時候，我卻發現自己有一項疏失——而且是致命性的疏失。

「喔～在這裡訂動畫第一集光碟，就可以得到角色設計高瀨智章先生的角色迷你簽繪板。」

「……加藤，我們走。」

「咦？可是你還沒有下訂耶。」

「我們去找別間虎穴……要找訂得到動畫光碟，還聲援加藤惠的虎穴！」

沒錯，在虎之穴或其他特別支持《不起眼女主角培育法》的店家，廠商會額外附贈這張迷你簽繪板當特典。

可是，顧客只能領到店家從澤村・史賓瑟・英梨梨、霞之丘詩羽、加藤惠三個角色中挑出的單一角色簽繪板，呈現出的局面好比各派系之間的思想檢查……

而我這次專程跟加藤來訂貨，卻沒有在聲援加藤惠的店家下訂，再怎麼說也太不厚道了……

「啊，查到了，加藤惠聲援店！感謝……感謝新宿店Ａ！」

後來我們搭山手線經由池袋繞到新宿，才總算抵達可以訂動畫光碟的虎之穴加藤惠聲援店。

「呃，也不必為了尋求我的簽繪板而這麼大費周章吧？」

「我說過了！妳要更有身為第一女主角的自覺啦！好不容易動畫的人氣正在急速竄升耶！」

「可是要談到我的人氣，看起來似乎也是我對那些都缺乏自覺才得到的結果啊。」

「多……多麼兩難的加藤惠處境！」

不起眼**最新刊**尋求法

在這部作品已經耳熟能詳的老地方，日本第一……不，世界第一的御宅族城市——秋葉原。

由地處秋葉原交通樞紐的ＪＲ秋葉原站電器街口，步行短短三十秒，有離車站最近的宅界商店，秋葉原ＧＡＭＥＲＳ總店。

而這段故事，講的就是人們聚集到（某方面來說）位於世界中心的最強之店，所促成的悲喜劇。

「咦？英梨梨？」

「唔！倫、倫也……？」

二月下旬。週末的秋葉原跟平常一樣熙熙壤壤。

如此擁擠的人潮中，應該最怕來這種地方的某人，卻莫名其妙地出現在我眼前。

「妳怎麼會來秋葉原的ＧＡＭＥＲＳ總店？」

這裡是從秋葉原電器街口步行短短三十（以下省略）。

在該店一樓，走進入口就可看見的新刊販售平面，我發現英梨梨用大帽子藏起金髮，還靠吊帶褲與眼鏡巧妙喬裝成土樣子的身影。

……呃，雖然她不賣乖時的打扮比這樣更土，但現在暫且不管那些。

「這、這個嘛……倫也你呢？」

「還用說，我來買霞詩子的新作《純情百帕》啊！」

「……喔～是喔。」

沒錯，不管那些，今天在我心中是相當重要的日子。

從昨天——不死川Fantastic文庫的新刊發售日過了一天，迫不及待的假日。

畢竟這次的新刊列表中，有實在不容錯過的作品……詩羽學姊引滿而發的新作在上面。

「內附不同特典的所有店家，當然要全部買完一趟才上道，即使如此，既然我的身體就這麼一副，要繞每家店自然會有優先順序。而第一優先的顯然是這家ＧＡＭＥＲＳ。妳知道為什麼嗎，英梨梨！」

「這還用問，因為有原作者加筆的附錄短篇……誰曉得為什麼！」

「那我告訴妳吧……其實呢，這次出的新刊只有在ＧＡＭＥＲＳ買，才讀得到霞詩子為店鋪所寫的附錄短篇！」

沒錯，而這就是ＧＡＭＥＲＳ在寶貴假日的待辦項目裡，堂堂登上第一優先的原因。

「雖然其他店家也有出特典，不過都是以雙書衣或明信片一類的圖像素材為主，至於霞詩子的文字特典僅有一種……那麼，跟隨霞詩子至今的書迷會來GAMERS掃貨，這是不辯自明的真理！我非得從搶書不手軟的那些人眼前，為自己保住閱讀用、保存用、推廣用的三本才可以！唉，這次我該買幾本《純情百帕》才行呢～！」

「……有獵食者在講話耶。」

「所以呢，妳怎麼會來這裡？」

我忍不住熱情地談起自己的事情，卻還是回神想到了自己原先的疑問，再次問英梨梨。

畢竟這傢伙（沒有被我硬是拖出來）居然會一個人在秋葉原晃，從她平時繭居在家搞同人創作的德性根本無法想像。

「只……只是來逛逛而已啦！我對霞詩子的新刊才沒有興趣！」

「嗳，英梨梨，或許妳確實錯過了追《戀愛節拍器》的時機，但好不容易有新的系列，我看妳該趁這個機會，在第一時間接觸霞詩子的作品，而不是之後才來補……」

「都說我沒有那種閒工夫了！總之我趕時間，掰！」

「啊，喂……」

話一說完，英梨梨彷彿要甩開我的追究，對於這棟樓所展示的眾多新刊毫不理睬，並且在搭上開門的電梯後，拒絕我似的急忙將門關上。

「搞什麼，一起逛又不會怎樣……」

英梨梨耍傲嬌的樣板程度比平常還嚴重，當我感到吃不消，同時用目光追尋她搭電梯上去的樓層……

「……奇怪？」

於是，我推導出了一項結論。

「啊，有了！」

「……果然是這麼回事。」

「唔！」

秋葉原的ＧＡＭＥＲＳ總店，在二樓與三樓主要都是賣輕小說、漫畫的既刊。

而且，在這兩層樓中，賣不死川Fantastic文庫作品的是三樓……

「妳以為在這裡買就不會被我發現？我就知道，這裡一樣有把新刊擺出來……」

「我、我是因為——」

爬樓梯上三樓的我，目睹了英梨梨拿著《純情百帕》，匆匆準備到櫃檯結帳的身影。

「話說，這也沒什麼好掩飾的啊。其實，妳也迷上了《戀愛節拍器》對吧？然後，這次妳打算在第一時間追這部作品對吧？」

「才、才不是那樣……我從前作就有追……」

「我倒不是無法理解妳的心情。畢竟霞詩子的前作《戀愛節拍器》太震撼了……第一集完全是兩人世界的純愛故事，然後從第二集搖身一變，由於新女主角出現而引爆三角關係。越是到後面的集數，三個人的各種想法就越交錯在一起，演變成難分難捨的三角戀……能夠從單一作品享受到多重滋味，又讓人心如刀割的劇情安排，可說是君臨於現代純愛輕小說的頂點也不為過……唔唔唔唔唔！」

「夠～了～啦！我就是受不了被你像這樣一臉得意地當成剛入門的讀者！」

隨後，英梨梨毫無理由地突然發飆，還摘掉帽子，亮出原本藏起來的最終兵器——金髮雙馬尾飛快地對我亂甩了。

「所以妳不必對我掩飾啊……我不會跟詩羽學姊說的啦。」

「千萬不能說喔。假如你害我被那個女的抓到把柄，我就咒你死後再尋短喔！」

「……有必要這麼卑微嗎？妳嘴硬成這樣，會永遠拿不到作者本人的簽名喔。」

「吵死了！」

後來，我們東拉西扯地鬥嘴，捧著兩人份的「六本」《純情百帕》到了櫃檯排隊。

「總之，這樣首要任務就結束了。」

「倫也，我有點累了，離開之後要不要休息？」

「這才第一間店吧……」

接著在我們之間，總算開始有悠然和諧的氣氛流動。

可是……

「非常抱歉。這項商品的特典只剩下一份……」

「……啥？」

「……啥？」

當我們把六本相同的書帶到櫃檯結帳後，遞來眼前的特典短篇小說只有一本……

「因為霞詩子老師隔很久才出新刊，大量採購的客人從昨天就絡繹不絕……真的很抱歉。」

不，這種事怪罪店員乃至於ＧＡＭＥＲＳ就錯了。

我們要慶賀霞詩子乃至於《純情百帕》的起步，比預料中更為順利才對。

可是……

「嗳、嗳，英梨梨……」

「……我不要。」

「我什麼都還沒有拜託妳耶！」

「反正你是要我把特典讓出來對吧？我才不接受那麼霸道的要求！」

「我想拜託的事情確實是那樣沒錯啦！可是，妳以前沒有收集霞詩子作品的特典吧！我從戀節開始就一本都沒有錯過耶！拜託，妳讓給我嘛！」

「怎麼可能讓給你！ＧＡＭＥＲＳ又不是只有這間，你那麼想要的話，找遍全國的分店不就好了！」

「既然妳是千金小姐，這點問題用錢解決就好啦！」

那一天，在秋葉原ＧＡＭＥＲＳ總店三樓的櫃檯前，響起了眼鏡宅男與金髮雙馬尾宅女為情爭吵……不對，為特典爭吵的哀怨聲音。

不起眼女主角培育法8　劇情追加補丁（霞之丘詩羽篇）

「……到了呢。」

「嗯……」

在校門口見面，在咖啡廳閒聊，然後走到車站……

於是，我跟詩羽學姊現在到了我們最後的目的地。

「那麼，接下來我們搭電車到和合市下車，再投宿傑佛遜旅館，自然而然地將身體交疊在一起取材……」

「對不起，我明天還要上學！」

不，這裡真的是最後的目的地了啦，離道別最接近的一站！

「平日居然非到校不可，高中真是不方便的地方呢。」

「詩羽學姊，妳也該去大學上課了，我說真的。」

來到這個地方，一般的話，雙方應該互道再見就可以爽快分開了，而我跟詩羽學姊到現在仍重複著類似的話題，聊得沒完沒了。

「那……這次真的要說再見了，倫理同學。」

「是啊，詩羽學姊，再見。」

「啊，不過，再見並非用來道別的話語……」

「而是再次相逢前的遙遠約……不對啦！」（註：引自《水手服與機關槍》的歌詞）

該怎麼說呢，感覺那滿像情侶的……

啊，這麼說來，詩羽學姊依舊握著我的手不放。

「嗳，倫理同學，今天的『再見』僅限於今天吧？不表示明天以後也通用吧？」

「當然，學姊隨時可以跟我聯絡啊。」

「…………」

「怎麼了嗎，詩羽學姊？」

「我不小心發現了，在這齣幸福的戲幕後，會打電話的只有我，而你不會……」

「我會打電話給學姊啦，我也會保持聯絡！」（註：引自《一齣幸福的戲》的歌詞）

不對，換成一般情侶，才不會在對話中打這種不知道是哪個時代的啞謎。

「但是，倫理同學，就算你沒有聯絡，我也會再找空閒晃去見你喔。」

「好啊，當然歡迎。只要學姊有空，隨時都可以……」

「啊，不過頭痛了。我現在每天都好閒好閒……這樣的話，只好每天去見你打發時間……」

「妳是小說家吧？同時也是劇本寫手吧？妳手上還有輕小說和遊戲新作要寫吧！」

可是，扯來扯去仍會硬要找理由見面，該怎麼說呢，感覺還是很像一般的情侶。

「……那麼，我用創作者的身分來見你可以嗎？要是我陷入低潮也可以來嗎？」

「詩羽學姊……？」

「我可以和你聊新作的構想嗎？可以要你對小說的新情節出點子嗎？我可以用那種方式讓自己取回動力嗎？」

然而，在牽強的理由中安排進「霞詩子談新作」這種難以抗拒的吸引力，她果然很卑鄙。

「嗯，假如我也幫得上忙……就算明天要見面，那也無妨。」

有那麼吸引人的餌垂在眼前，迷霞詩子迷到入骨的傻子必然只能一邊流口水，一邊點頭。

這位主人真的很了解要如何豢養信徒耶。

「謝謝……嗯，謝謝你，倫也學弟。」

「……我才要謝謝學姊呢。」

然而，應該占有優勢的她，從嘴裡及態度表露出來的卻是如此地可親可愛，這樣會讓我覺得……讓我覺得……

「那麼，這次我該走了。」

「嗯，這次該走了。」

從我們到驗票閘以後，算來是第五輛電車駛入月台。

趁著這個適合告一段落的數字，詩羽學姊才總算，將我的手，從自己手中放開。

……對此會感到不捨的我，只能落寞似的笑著承認，是自己輸了。

「……來吧，請便。」

「咦，什麼請便？」

詩羽學姊對那樣的我張開放掉的雙手，露出了灰暗而病態……不對，露出了潔淨而充滿慈愛的微笑。

「要由你主動也可以喔，道別的擁抱。」

「別強迫我做門檻那麼高的舉動啦！」

再說到我這邊，則是差點對開口挑釁的學姊言聽計從，仍然只能服輸。

「你還不成氣候呢，倫理同學。縱使你連一丁點意願都沒有，這時候還是要微笑著把女生抱進懷裡，沒有這種胸襟怎麼行呢？」

「呃，因為我不是連一丁點意願都沒有，事情才會變得更複雜！」

「那現在還是由我主動……」

「啊……」

但是，性急的作家老師才不介意我那種沒骨氣的煩惱，一口氣拉近彼此的距離。

她所踏進的距離足以讓黑髮的香味傳到我的鼻腔；將自己的額頭輕輕地靠到我的胸口，接著，將自己的雙手緊緊地在我背後交握。

「掰了，倫理同學。」

「唔哇……」

然而，那種如坐針氈的恍惚感只有短短一瞬間。

挑逗鼻子的洗髮精香味、環繞於身的緊迫舒適感，還有貼在胸口，導致心跳劇烈加速的柔軟物體。

轉眼間，淪為春夜裡的幻想。

而且，離開我身邊時，她果然露出壞心眼的笑容，臉上卻依然有一絲紅潤……

「……下次見。」

這一次，學姊頭也不回地消失在驗票閘後方。

她的身影在轉眼間沒入眾多乘客中，已經連任何痕跡都沒有留下。

「……下次，再見。」

只是在我的心中留下了又卑鄙、又麻煩、又模糊不清、又開心、又惆悵、又令人窒息的回憶。

不起眼女主角培育法8　劇情追加補丁（**波島出海**篇）

「所以嘍，接著來想附屬女主角的點子吧！」

「咦，現在馬上？」

「是的，現在就來想，我們立刻來想吧！」

方才，出海替單單一名女主角，畫了區區一百……不對，畫了多達一百張的設計草圖，然而剛完成大工程的她，左手卻馬上拿起新的紙，用右手再次提筆。

「可、可是，妳不累嗎？」

「不會，我在情緒高漲時一點都不會累。還曾經畫圖畫到三天三夜不睡覺喔！」

「……要睡才行啦，真的要睡。不然年紀大了以後，身體會一口氣反撲喔。」

而且，伴隨著彷彿打了某種針的清爽笑容，她用彷彿嗑過什麼藥的猛烈速度，開始創造新女角。

那鬼氣逼人的模樣，猶如卯起來進入創作模式的詩羽學姊，讓我重新想起自己為何會迷上這個女生所畫的同人誌。

還有，英梨梨在去年聖誕節完成的「英梨梨的七張圖」，八成也是像這樣出爐的吧……

「所以嘍，關於附屬女主角之一學妹型女角的設定……」

「啊，設定成學妹嗎？」

不，我對附屬女主角的設定還沒有拿定主意，因此要設定成學妹也完全無妨，不過出海打算用這一套嗎？

「先從三圍講起，呃，胸圍……我想快要超過九十吧？」

「快要是什麼意思！」

話說，出海現在用右手拉開衣服的胸口，探頭往裡面看；左手則好像在拿捏什麼地捧著自己的胸部，是我想太多了嗎？

「然後，腰圍是……嗯～嗯～……五十……三，好了。」

「不用勉強啦，再說，那樣太不均衡了吧！」

接著，她似乎又用力吸氣縮小腹……是的，是我想太多吧。

「至於長相……大致就這樣吧？學長，你不覺得畫得很像……沒有啦，我的意思是，你不覺得畫得很好嗎？」

「……喔～對對對，是啊，畫得不錯，很可愛喔。」

這話不假，出海確實畫得很好。

畢竟她在畫臉時，下筆每一條線都毫不遲疑。

應該說，出海不時看著桌上那面小鏡子，是在確認什麼啊……

「嗯，整體的方針應該就這樣吧？接下來，要一邊琢磨我在遊……學妹型女角在遊戲裡的設定，一邊設計她的表情還有行動模式！」

「……也對，來深入設計吧。」

「雖然我覺得設定好像已經完成了」這句話是不是不應該講？

「先從大前提講起，這個女主角會有很多的戲分！」

「……等一下，那不叫角色設定吧？」

「……嗯，也可以說她『個性非常積極，常在男主角身邊打轉。』」

「……嗯，對喔。那樣的話，以結果來說戲分多是可以理解。」

「另外，她有點愛吃醋，當男主角跟其他女主角講話時會跑來打岔！」

「原來如此，表示有別的女主角跟她是競爭對手，還可以跟那個角色共用一部分的劇情。」

「不，她會跟所有女角共用劇情。結果呢，在所有劇情的實際登場率高達八成以上……」

「……等一下，那她愛吃醋的程度不能叫『有點』吧？」

應該說，那不就變成主角一旦攻略其他角色失敗，結果會變成攻略她的救濟（得太過頭）型角色嗎？

「……這樣設定果然會讓人覺得很煩嗎？她會變成犧牲自己來捧紅其他角色的人氣，充滿自我奉獻精神的萬年冷門角嗎……」

「不不不，沒有那種事！我喜歡那樣的女角！」

……即使我有這種想法也絕對不能說出口。我說真的。

「……出海，雖然很遺憾，但遊戲裡還是不能照這套設定來推出女角。」

「唔……」

即使如此，這是我的遊戲。

「畢竟要是有個附屬女主角這麼搶戲，女角間就失去平衡了吧？」

我會向大家徵詢點子，有好的意見會毫不猶豫地採納。

「我所追求的，是每個女角令人心動的程度都不輸給第一女主角的最強美少女遊戲。」

然而，最後決定要不要將其採納的人是我。

這一次，無論誰來出主意，我都決意讓自己保持著謙虛又傲慢的心態……

「是啊，學長說得對。」

於是，出海之前的衝勁不知道去了哪裡，忽然消沉下來。

「像這樣的女主角是不行的。她不可能被主角選上呢……」

她沮喪地低著頭，講話帶著鼻音，語氣變得哭哭啼啼。

「我真沒用，都沒有考慮整款遊戲，一下子就得意忘形……」

之前的積極態度全像是假的，她成了如此消極，而且愛哭的女生。

「嗯，我找到了，吸引人的女主角設定。」

「咦？」

所以，我輕輕地把手擺在她頭上，並承接她之前的積極態度。

「常讓自己忙到一場空，又動不動就陷入沮喪，個性還滿愛哭……」

雖然我不像她剛才那麼有衝勁。

「可是做事卻很努力，絕對不氣餒。」

也不像她剛才那麼熱情。

「這樣的女主角，妳覺得如何？會沒有吸引力嗎……出海？」

但是，我帶著像她剛才那樣的把握，予以祝福。

「……好的，我朝那樣的方向試試看！」

對於這位新誕生的，迷人女主角。

不起眼女主角培育法8 劇情追加補丁（冰堂美智留篇）

「呼……呼……呼……」

「呼啊啊啊啊～唔……唔～」

「呼……討厭，阿倫，你好厲害。」

「不、不要那麼大聲啦……加藤會醒過來。」

時間是半夜三點多。

先前數度睡著又醒來的加藤，總算開始在我的床上發出安詳的鼾聲後，大約過了三十分鐘。

我跟美智留正在房間中央，兩個人手牽手仰臥，並且一邊喘氣，一邊望著天花板。

好不容易洗完澡的身體泛上紅潮，冒出汗珠，可見彼此有過一場激烈的勝負。

「唉～一直到國中的時候，明明都是我體力比你好。」

「別……別小看男生。」

「真的耶……不知不覺中，你的上臂已經比我粗了……」

「噫……現、現在不要碰我的手臂啦，會抽筋會抽筋！」

「……什麼嘛，你的持久力還是跟以前一樣。早知道就跟你玩長期戰了。」

好的，按照普遍級輕小說的套路，這場激烈的勝負當然是指比腕力！

時間是半夜三點多。

加藤已經睡著，閒著無事可做的時段。

當我心想「差不多該睡了吧？」而開始收拾桌子，想要清出打地鋪的空間時，美智留突然趴到地板上說：「噯，像以前那樣跟我比一場吧？」並且把右手伸了過來。

面對如此荒唐的提議，原本我應該可以駁斥：「少說蠢話，明天還要早起。」

然而，在長野老家比這個是每年的慣例行事，加上我到去年為止，曾留下「穿插平手九連敗」的屈辱紀錄，「今年一定要贏回來……」的反骨精神莫名其妙地被喚醒了。

於是，經過長達三分鐘的激戰，最後我全副運用高二男女的平均成長差距，總算撿回一場首勝作收，本段短篇的讀者可謂見證了歷史性的一刻，請容我在此鄭重為運氣亨通的各位道賀。

所以不要因為「又是這種讓人誤以為有煽情戲的橋段，這部作品都沒有長進耶」而咂舌，麻煩請再多奉陪一會兒。

「不過仔細一看，你身上到處都練出肌肉了耶。明明就是個御宅族。」

「御宅族中也有賣力幹活的御宅族啊。像我去年就做過送報生、家庭餐廳店員、影音出租店的工讀生、搬家公司搬運工……」

「真的耶……不只上臂，連胸肌都練出來了……戳戳戳，阿倫你喔，阿倫你喔～」

「呀啊！就叫妳別碰了，別用手指頭戳，啊、啊唔、啊嗯！」

「喔，大腿也在不知不覺中跟我有得拚了耶～……阿倫，你現在把腿伸出來一下……嘿。」

「不要貼過來，妳不要把腿貼過來啦，小美！」

……看吧，花一點工夫，原本讓人誤以為有煽情戲的耍寶橋段就可以昇華為真的煽情戲；對我眼前的美智留來說，這只是家常便飯。

「來吧，跟我比第二回合。」

「不，我不行了，手臂動不了了。」

「我知道啦～這次換比這邊！」

「……換這邊是嗎？」

接著，儘管美智留伸過來的仍是右手，手擺出的姿勢卻跟剛才不一樣。

「比這個就不需要用腕力，你現在也能比吧。」

「妳還是老樣子耶，硬要玩到自己贏為止。」

面對表親的任性脾氣，我以贏家的餘裕苦笑，將右手擺成跟美智留相同的姿勢伸了過去。

下個瞬間，兩個人的四根指頭像電車的連接處一樣相接，翹首的大拇指隨即伺機而動。

「那麼……預備～開始！」

「好！」

比誰先壓住對方大拇指的第二回合，開戰了……

「嘿！」

「小意思！」

這跟幾乎只靠力氣分輸贏的比腕力不一樣，戰術比較複雜。

要以手指的各種動向引誘對方，甚至用上手臂或身體搶占最佳位置，逮到以後還要用握力將大拇指按住……

因為如此，我們為了先讓自己的大拇指取得優勢，做出各式各樣的動作打算攪亂對手……

「接招！」

「唔哈哈哈哈哈哈！」

然而，這時候我卻失察讓美智留占了先機。

呃，誰教對方採取的舉動屬於根本超出預料的那一種……

「嗳，美智留！妳怎麼可以在這時候用這種方式對我這樣啦，為什麼～！」

當我發出５Ｗ１Ｈ的尖叫時，美智留的占位攻勢仍在節節進逼。

……具體來說，是把她自己的腿深深鑽到我跪坐的雙腿之間。

「好耶，按到了！」

於是，美智留趁我被針對胯下而來的攪亂攻勢搞得人仰馬翻時，把我的大拇指逮個正著。

「妳這樣太賊……唔咦咦咦咦～！」

對她為了贏這種指頭上的小比賽，毫不猶豫地利用女色的卑鄙戰術，我正打算出聲抗議。

「喝呀啊啊啊～！」

「咦咦咦咦咦～！」

可是，美智留用的是戰略而非戰術，她所求的並非那小小的勝利。

看來我犯下了某種天大的誤解……不，或許是我沒有理解美智留的本質。

「美、美智留……妳、妳這樣是……？」

「嗯～？這招叫小包固定～！」

美智留的大拇指根本沒有抓我的大拇指。

她只是用全身貼緊我，纏住腿、纏住手臂、纏住我的脖子，傾注全力地想將我的雙肩壓制在地板上。

「嗳，我們不是在比壓拇指嗎！」

「我什麼時候、在哪裡、為了什麼、用什麼方式，說要跟你跟比賽壓拇指了～？」

「可是可是，妳說比這個就不必用腕力！」

「對對對，摔角靠腕力是贏不了的。重要的是技巧～」

「妳這個人喔哇啊啊啊啊啊～！」

……抱歉，以這傢伙為主的短篇每次都是同一種套路跟收尾，不好意思喔。

不起眼女主角培育法8 劇情追加補丁（澤村・史賓瑟・英梨梨篇）

「喂，倫也！」

「好痛！」

英梨梨短短地怒罵一聲，同時用自己的腳尖踹上我的小腿，這是午休只剩下十分鐘，將近一點時所發生的事。

「人家在講話，你有沒有在聽？」

「喔～有啊。嗯，我從剛才就一直在聽啊。」

「說是這麼說，你根本就沒有認真聽，對不對？」

全校第一的千金小姐跟全校第一的宅男將桌子併在一起，兩個人面對面地一邊講話一邊吃午餐，要迎接這全校第一奇特的畫面，起初曾讓班上所有人受到相當的震撼。

然而，一旦那樣的行為持續三十分鐘以上，每個人似乎也就麻痺了，她那種「有失千金小姐風範」的言行，如今已被忽略得一乾二淨。

「不不不，沒那種事啦。對啊對啊，我能體會～英梨梨，妳也很辛苦。」

「你那句『我能體會～』好像從剛才就一直在重複耶。」

「呃，因為面對三次元的女生就是不要反駁，無論聽到什麼都表示認同，再給予安慰就對了，這是某個有見識（伊織）的人說的……」

精確來講，好像有個前提是「如果想追脆弱狀態下的女生」，但肯定對全方面都管用啦，大概吧。

「就算那樣，前提是你也要專心聽我講話啊。從剛才到現在，你都把我講話的語音切掉了嘛！」

「妳這套系統介面可以調整的部分還真細耶，喂。」

唉，假如是從為人處事，而不是三次元女生的立場來想，我明白英梨梨為何會生氣，也明白自己為何會用這種反應招惹她。

理由就是……正篇都有詳述，因此在這裡就不提了。

「再說，你跟人家講話時要專心看這邊啊。以前你也被我媽媽教訓過好幾次吧？」

「是小百合阿姨跟人之間的距離感太近了啦……」

這麼說來，我記得每次跟那個人講話，好像都營造不出能正眼相看的狀況。

「唉，確實也是，媽媽在跟我或爸爸講話時，距離都很近。」

「……所以妳別這樣啦。」

「咦，你是說怎樣？」

「還問怎樣……就是妳那遺傳自母親的距離感啦。」

沒錯，就像英梨梨現在這樣。

「話是那麼說，但你從剛才就不肯用正面對著我，講話聲音又比平常小，在教室裡不靠這麼近會聽不清楚耶。」

……話雖如此，雙方靠得這麼近，對我來說就有絕招「咦，妳說什麼？」不管用的致命性弊病了。

「我說妳啊，做這種舉動真的會被大家用異樣眼光看待喔。」

「你覺得我會被怎麼看待？」

「……被當成跟我這種御宅族談得來，根本宅到不行的冒牌大小姐？」

「那不就是我的本質嗎？」

「……那樣行嗎？」

「又沒有關係～」

英梨梨說著，露出過去沒讓自己人以外看過，顯得有一些使壞的微笑。

最近的英梨梨就像這樣，想只在幾天內捨棄在這八年內一直守護至今的事物。

「妳讀小學時明明很排斥。」

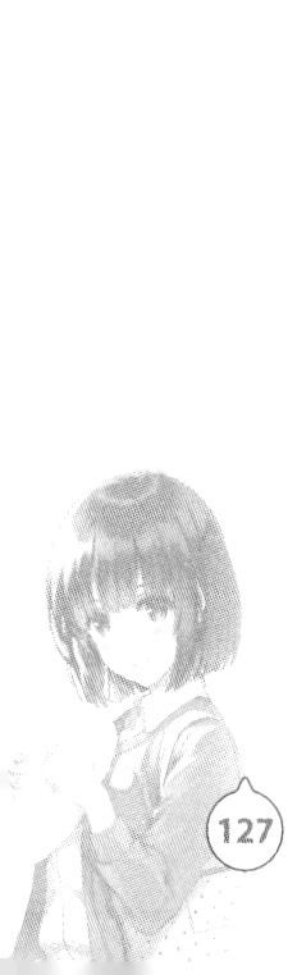

她那種態度要視為不顧風險的及時行樂，還是光明磊落，在我心裡倒是有意見上的分歧。

「現在回想起來，我會覺得，自己當時是不是黏過頭了點。」

「是、是喔……」

不管怎樣，風險都高到沒話說就是了。

「對於你所說的話，我什麼都表示認同，只會說：對啊對啊，那我能體會～」

「不好意思，請問那跟我剛才的態度有什麼不同？」

「所以說，周圍的人也會覺得反感吧……」

「咦……？」

「假如我沒有對你特別好，而是比較像普通朋友那樣，會吵架或鬥嘴，別人大概就不會有那種感覺了。」

對我來說，那也是徹底出乎意料，而且深扎內心的「反省之詞」。

「倫也？」

英梨梨會離開我身邊，是英梨梨害的。

可是，我只留給她那樣的選擇，是我害的。

而結果，我們會斷絕關係，則是周圍那些傢伙導致的……

「倫也，你有在聽嗎？」

不過想得更根本一點，導致那些人如此對待我們的，到頭來，卻是我們這兩個以小學男女生來說感情格外融洽，讓大家話題不絕的異類……？

「欸！你幹嘛不甩人啊，倫也！」

「好痛！」

當我正在腦袋裡反覆思尋似乎毫無出路的問答時，英梨梨踹來的腳尖再度發威……

「咦？啊～！」

「啊……」

於是桌子這一晃，我用來裝茶的寶特瓶就打翻了。

而且，還潑在英梨梨剩下近一半白飯的便當裡。

「討厭～好髒喔！」

儘管我連忙將寶特瓶擺正，已經倒進便當盒裡面的茶還是讓英梨梨的午餐變成不折不扣的茶泡飯了。

「……你要怎麼負責？」

「我有料到妳會是這種反應，不過追本溯源……」

「我也有料到，你的反應會是『追本溯源不就是妳出腿踹人害的』喔。」

「啊～那麼，當成彼此都遭遇了不幸的事故……」

「我的午餐怎麼可以被你用這種和稀泥的方式糟蹋掉！」

「不是嘛，我也糟蹋了五十克左右的茶啊……」

「哎喲～既然這樣，我就做出讓你想都想不到的事～！」

「喔哇！妳等一下啦，那是！」

於是英梨梨索性……應該說索性過頭的她，朝我那塊剩一半的炒麵麵包伸手過來。

「妳吃炒麵不是非碗裝泡麵不吃的嗎！」

「事到如今，我只好妥協了啊！所以把麵包交出來！」

因此，在午休只剩五分鐘，將近一點的時候。

結果我們到現在依舊是如此異類，爭著這塊以戀愛喜劇而言熱量嫌高的食物。

不起眼女主角培育法9　劇情追加補丁（霞之丘詩羽篇）

「詩羽學姊，我要開門了喔。」

『呀啊啊啊啊～你在看哪裡，這個色鬼～』

「……既然妳沒有意願演得逼真，就不用特地給反應了。」

詩羽學姊給的回應沒勁到極點，連尖叫都不像尖叫，我也一邊回以敷衍的反應，一邊開門走進盥洗間。

即使如此，從隔著一道玻璃門的浴室中仍有淋浴聲響起，無論如何都會讓我聯想到裡面那個人（詩羽學姊）目前的模樣。

「總之，我先把濕掉的衣服烘乾喔，可以吧？」

不過，現在不是像這樣讓我發揮想像力的時候，我連忙拿起洗衣籃裡面才剛脫下的……呃，這一點不必強調就是了，我拿起她被雨淋濕的衣物往烘衣機塞。

上衣和裙子都吸了分量可觀的水，濕淋淋地蓋在雙手上，可以體會她方才有多冷多難受。

那碼歸那碼，像這樣把外衣一類都塞進烘衣機之後，還剩下其他沒有那麼濕的衣物，我有點

遲疑該怎麼處置……

『內衣褲你可以直接留作紀念喔，倫理同學。』

「我才不會做那種有違倫理的事情，絕對不會！」

倒不如說，這件濕答答的褲襪要怎麼處置啊……

「學姊還會冷嗎？還是要燒熱水泡澡，而不是光淋浴？」

我望著發出噪音轉動的烘衣機，同時隔著門板朝浴室裡的她說。

『水好熱……』

「那請學姊自己調節溫度。」

『總覺得好想念人身上的體溫。』

「需要溫一杯酒供您洗完澡後暖暖身嗎？」

以輕小說而言，大學生喝酒應該是OK的吧。雖然在動畫裡就NG。

『你還是一樣壞心……』

「不，詩羽學姊，妳從剛才就接二連三地問那些讓人答不了的問題，這才叫壞心吧。」

我好像提過好幾次，詩羽學姊讀大學以後，真的一點也不自重，應該說，在她的頹廢世界裡

就只有黃色笑料而已……

『可是，我們明明曾發生過肉體關係……』

「我們沒有接觸得那麼多吧！只接觸過一小部分吧！」

看吧，就像這樣。

『當時的觸感，我到現在還記得很清楚……倫理同學用滾燙的『那個』在我口中激烈翻攪，令人站不住的刺激讓我雙腿顫抖，而且，最關鍵的「那塊地方」就……』

「等一下等一下等一下！不要用那些與事實有異，或者經過加油添醋，容易造成混淆的代名詞啦！」

『可是……我們有一小部分互相交合，這是事實吧？』

「呃，這個嘛…………是的。」

說真的，最近的詩羽學姊實在讓人不知道該怎麼講她。

然而，或許那不單是因為她已經從高中畢業，或者念了大學。

『我們接吻過了，對不對？』

「…………嗯，是的。」

『呵呵……呵呵呵。』

「果然還是詩羽學姊比較壞心……」

我也明白，說這些會讓人覺得不知分寸……

可是看學姊樂成這樣，或許跟「那件事」有那麼一點點關係。

「啊，還有，我先把浴巾和更換的衣物放在這邊……我準備了自己的運動服，但碰到這種時候也沒得選了。」

『你當然沒有那麼不知情趣，還準備好上下成套讓我穿吧？照套路來講，應該若無其事地只留上衣給我對不對？』

「衣服當然要上下成套啊，因為我是注重形式的人！」

老樣子，令人心跳稍稍加速的考察就這麼被學姊開的黃腔毀了，頭痛歸頭痛，我還是感到寬心，同時也覺得自己差不多該離開這塊愉快的地方，打開盥洗間的門。

「那麼，請學姊慢慢來。」

『哎呀，你不肯陪我聊天了？』

「我還有很多事情要張羅。」

『張羅……比方說鋪床，還有在枕頭底下準備「某樣東西」？』

「比方說捏飯糰，還要在味噌湯裡加『某樣佐料』啦！」

最後，我刻意大聲關門，好讓對方曉得門有確實關上，然後沒有回自己的房間，而是走向廚房。

打開冰箱，拿出昨天剩下的冷飯放進微波爐。

在桌上擺好鹽、保鮮膜、盤子、碗還有沖泡式味噌湯。

接著再一次打開冰箱，從裡頭拿出滷味、蔥等等可以當餡或佐料的食材。

「好啦……動手做飯吧～」

說完，我帶著連自己都感到意外的興致站在廚房，並且鼓足幹勁，傾注全力在稱不上烹飪的家家酒上面。

雖然我沒有加藤那種像樣的手藝。

不過，面對重要的貴客，我身為男人還是想做些粗茶淡飯來招待……

「倫～理～同～學。」

「唔哇啊啊啊！」

當我卯足幹勁的瞬間，耳邊突然響起了有如鬼門開的幽怨嗓音……

「潤髮乳，我洗到一半就用完了～」

我回頭望去，發現眼前有個用濕漉漉長髮蓋著臉的貞……呃，蓋著臉的神祕女子。

「從盥洗間喊一聲就好了嘛！還有要過來這裡的話，我希望妳先擦乾身體！不對，更重要的是先穿點什麼啦啊啊啊～！」

這位貴客不只想見識我身為男人的手藝，還吩咐我露一手身為男人的擦拭功夫。

……啊，至於身為男人的膽識，我當然沒有展現給她看。

不起眼女主角培育法9　劇情追加補丁（冰堂美智留篇）

「呼……嘶……」

「唔……唔嗯……？」

「呼～～嗯嗯～♪」

「啊……？」

「嘶～～呼嚕嚕嚕～♪」

「奇、奇怪，我不知不覺就睡著了……」

「唔呵呵呵呵～」

「…………呀啊啊啊啊啊啊～！」

「唔！嗯？」

燈、電玩主機還有螢幕全都開著，從畫面則有冗長的……不對，情調絕佳的配樂播個不停，深夜的我的房間。

在這地方響起的，是裂帛般的女生尖……錯了，是我的尖叫。

「美、美智留！喂，妳喔，等一下……」

「呼啊啊啊啊～……怎～樣～啦，阿倫，人家好不容易睡得正香耶～」

此外，在這地方醒來的則是我及擅自闖入的女性表親。

「妳睡得太香了吧！跑來別人家裡，妳是要懶散到什麼地步！」

「咦～我在自己家裡時，還不是跟現在一樣～？」

「妳也該發現那正是問題的本質了吧，小美！」

在此就按照時間順序來描述我醒來那一瞬間所看見的光景好了。

首先是來自天花板的燈源，有白光照在眼皮上。

不久後，等眼睛習慣光亮後，蹦到我眼前的是皮膚色與水藍色構成的分界線。

稍微拉開距離並試著審視整體，在皮膚色那邊有兩道立體的半圓形浮現。

而且，在皮膚色與水藍色分界線的頂點，還有小小圓圓的、粉紅色的……

「喔～內衣翻開一大片了耶～」

「講解前趕快穿好啦！」

「對了，記得這在宅界術語中是叫『南半球』吧？啊哈哈哈～」

「三次元也會那樣講啦！」

的確，我只在動畫海報看過像那樣翻開的內衣就是了，但請為了實際在眼前目睹那畫面的我設想看看。

……呃，我也了解他人會對我湧現殺意的心境，所以並不強求。

「哎呀～好險喔～都不曉得什麼時候會擦槍走火。」

「主要都是因為妳太散漫！」

「真的耶，像我們這樣比誰先煞車不住，真夠刺激的～」

「當事人不要說這種話啦！妳是當事人耶！」

說真的，我的煞車皮都磨到破破爛爛了……

「嗯～話說回來，三點啦～我們在要早不早的時間醒過來了耶。」

「唔啊，已經這麼晚了？」

幾小時前，我跟美智留才背靠背地坐到一塊兒，在她演奏的吉他音色包圍下，不著邊際地聊著天……好像是這樣。

而我們不知不覺就這麼失去意識，也可以證明那對我來說，是一段十分愜意的時光。

「好啦，離早上剛好還有兩三個小時，我們接下來要做什麼呢～？」

「……對喔，要看剛才錄的深夜動畫嗎？」

先不管「剛好還有兩三個小時」是什麼意思，我試著向美智留提出在深夜最為有益的時間運

用方式。

「唔嗯～我肚子餓了耶～阿倫，有沒有什麼吃的？」

然而正如我所料，美智留感興趣的並不是動畫，而是現實中的食物。

「睡醒就想吃東西……美智留，妳別活得這麼順從本能，要理性點。」

「呃，阿倫，那你講的『看動畫』就是理性行為嗎？可是你每次都看到像猴子一樣鬼叫，還會到處打滾……」

「……有蔥花豚骨和鹽味炒麵，妳想吃哪種？」

「阿、阿倫，你是認真的嗎？你真的……想要我的？」

「…………」

「等、等一下啦，阿倫……你現在的眼神，好像野獸喔。」

「美智留……」

「你……你這麼拚命渴求的話，我會……」

「嗳，先夾我的鹽味炒麵吃的是妳吧。」

「就算那樣，你搶走我的叉燒也太犯規了！我只有吃你的麵耶！」

「妳不懂，美智留，妳真的不懂。吃炒麵類泡麵被人夾走麵時，佐料和香鬆就少掉一大把了耶。要從拉麵類泡麵找東西彌補，當然會需要相當的附加價值。」

「你那是詭辯啦！要等價交換的話，起碼玉米吧！你做的事情，跟鹽味炒麵的調味粉還沒攪勻就把鹹的部分整團挖走一樣！」

「呃，那樣搶人和被搶的都很慘不是嗎？」

對於跟往常一樣，刻意想混淆視聽的情境導入對話，請看在這是附錄短篇的份上高抬貴手，經過慎重協調後的調整，結果我和美智留的宵夜分別是吃鹽味炒麵跟蔥花豚骨，但高中生的食慾自然不可能靠這點妥協就止歇，我們連自己選的麵都還沒吃完一半，就毀約展開爭奪戰了。

「話說回來～深夜吃泡麵感覺超虧心又超棒的耶～」

「嗯，對妳說的那一點，我只能表示完全贊同。」

我們才剛展開如此醜陋的爭鬥，隨即又像相處十幾年的同志（雖然實際上也是）大口大口地吃起宵夜。

不會為了對方專程下廚，沒有那種特別待遇。

然而，要一起享用同一碗泡麵也不會客氣。

這種滿不在乎的距離感，是我跟美智留維持至今的相處方式，而且我也希望往後還能繼續下去……感覺太過親近，卻頗為遙遠的關係。

「謝謝招待～哎呀～吃飽了吃飽了。那現在睡意和食慾都得到滿足了，只剩三大欲求的最

後一種……」

「妳這種收尾的方式，不就跟剛才完全一樣嗎……」

不起眼女主角培育法GS2　追加補丁（嵯峨野文雄&其妹妹篇）

「妳從剛才就讀得滿專心的耶，那本影印本。」

「嗯～？」

從活動回家的路上。

在駕駛座，被首都高速公路車陣困住的嵯峨野文雄握著方向盤，朝坐在旁邊副駕駛座的妹妹搭話。

棄妹妹於社團攤位不顧的文雄，在開溜……離開會場後，直到活動結束前才回到攤位，接著格外注意周圍是否有人（主要是熟識的女性），並且偷偷摸摸地開始收攤，再匆匆逃進停車場，把行李堆上旅行車，如今像這樣成了駕車之人。

「記得那是隔壁攤的痞子小哥在開場前給我們的吧。像那樣薄薄的本子，虧妳能毫不厭倦地一直看。」

「……哥，你真的不懂耶。」

她會這麼開口，還傻眼地看向身旁的哥哥，有兩個理由。

理由之一是針對自己哥哥，不只外表痞到連用「痞子小哥」這種詞批評別人都嫌可笑，實際上也非常痞的事實。

另一個理由則是……

「你不懂這本子有多厲害、多可愛、多萌……我好久沒遇到這麼對胃口的本子了～」

在外以嵯峨野文雄「名義」行走的哥哥，應該是因為畫風別緻，才被部分粉絲奉為「萌之魔法師」，對於二次元的審美觀卻如此不濟，對於萌更是欠缺理解。

「更讓我覺得對胃口的是畫出那本子的人，就是那個痞子小哥的妹妹。看她那樣，搞不好還在讀國中耶。」

「對對對！她叫波島出海！那個女生真的好厲害，年紀輕輕就有這種畫技……」

「是啊，年紀輕輕就發育成那樣（有那對胸部）……照這樣成長下去，根本無法想像會變成什麼樣的怪物（巨乳）呢。」

「……抱歉，哥，你別再性騷擾了。」

相對地，嵯峨野文雄對於三次元的造詣之深，倒是足以讓她卻步仍有餘。

「你看這張圖！這副表情！」

「不，我正在開車耶。」

即使如此，她仍不放棄對「重視胸部甚於薄本」的哥哥倡導萌。

「表情很豐富對不對？會浮現台詞跟故事對吧？這位作家的強處果然還是在情緒爆發的表現上面。哭臉和笑臉都好令人疼愛，看了真的會不自覺地想要把角色抱緊！」

「不過，要是因為當下的氣氛就抱了正在哭的女生，之後會很麻煩，所以最好小心點……」

「……都叫你不用分享那種三次元的經驗談了嘛。」

雖然好幾次都像這樣差點內心受挫。

「再說，這種表現力其實是『嵯峨野文雄』的弱點呢……」

「是那樣嗎？」

「對啊，因為『他』在過去都只會追求讓人放鬆的『可愛感』，很少畫這種表情。」

「嗯～在我們社團本子裡出現的那些女生，確實都是一副從容的表情。可愛歸可愛，以個性來說比較淡薄。」

「唔……」

明明被挑了毛病，文雄講話的口氣卻彷彿事不關己並接受……

而妹妹明明是在挑人毛病，表情卻彷彿當事人一樣難受。

「不過繪師也有拿手跟不拿手的項目，妳介意那些也沒用吧？」

「那可不行……我才不會讓別人繼續說嵯峨野文雄只是『圖畫得可愛的插畫家』。」

心的表情。

「呃，不然要怎麼辦？」

「只能成長給大家看啦，不是嗎？」

而且，應該不是當事人卻一臉難過的妹妹明明不是當事人，這會兒卻緊緊握拳，露出下定決

「像這樣，今天我又找到了一份很棒的研究材料……我會把她的這種能力吸收給大家看。」

「啊，那我也曉得。妳說的是描圖對吧？」

「你就只會學那些奇怪的宅界術語……我的意思不是要模仿畫風啦。我要吸收她的靈魂！」

「什麼跟什麼？妳是想成為惡魔嗎？」

「惡魔是嗎……嗯，也對，為了成為厲害的繪師，我想我也願意變成惡魔給大家看吧？」

「噯，妳講話太聳動了啦。」

「誰教她畫得有夠可愛，有夠萌，我看了會有被人超前的感覺嘛。總覺得不甘心。」

她的表情、舉止、言行……無論由誰來看、來聽，都會覺得那是創作者才有的。

「哎喲～我開始覺得坐也不是，站也不是了。自己以往畫的圖突然讓我覺得好丟臉……」

「感覺妳燃起鬥志嘍。」

「混帳～我才不要輸給別人～！」

伴隨著如此吶喊，她拿出智慧型手機，並且莫名有勁地按下通話鈕。

「噯，妳打電話給誰？」

「之前交出去的插圖，我想請對方廢棄掉。」

「啥……妳說啥！」

應該是「來哥哥的社團幫忙」的這個妹妹……

「畫到最後，稿期跟同人的截稿日撞在一起，我自己也覺得不太能接受……所以，我想拜託對方讓我全部重畫。」

她已經完全不掩飾身為創作者的本性，還興奮地談起自己的決心。

「我說妳啊……商業接案不能那樣搞吧？」

「不問怎麼會曉得行或不行！說不定，對方願意等啊。」

「妳那樣亂搞，被不死川書店斷絕往來的話，我可不管喔。」

「沒關係！相對地，我絕對會讓大家見識進化過的我！」

而且以職業人士來說，還有點走偏方向。

「啊，喂喂喂？霞老師嗎？是我！嵯峨野文雄！」

不起眼女主角培育法GS2　終章追加補丁（**英梨梨&詩羽**篇）

「所以呢，澤村。」

「怎樣？」

「icy tail」演唱會結束後，即將經過一小時。

在秋葉原的某間咖啡廳，英梨梨和詩羽之間屬於女生的懶散對談依然持續著。

「結果妳跟加藤怎麼樣了？有實實在在地和好嗎？一點疙瘩都沒留下？」

「沒問題，我們完全和好了。無論發生什麼都不會再鬧翻。」

「……換句話說，妳不否認『可能還會有什麼狀況』？所以妳們並非沒有疙瘩嘍，是這個意思嗎？」

「……我討厭妳。」

倒不如說，真相似乎是因為詩羽像這樣過度追究英梨梨在隻字片語間的灰色地帶，話題才遲遲無法結束……

「哎，女人間的友情就是這麼回事。感覺是不是該歡迎妳來到有嫉妒、艷羨、背叛與絕望翻攪而烏煙瘴氣的世界呢？假如妳們又鬧翻，當成我下一部作品的題材正合適，到時候再麻煩妳細細道來嘍，澤村。」

「基、基本上，妳有資格說別人嗎？……我反倒覺得，或許這表示妳已經蒼老到可以替別人東操心西操心了呢～～」

「……妳什麼意思啊。」

何況，平時挑釁總是不得要領而遭到輕鬆迴避的英梨梨難得觸怒了詩羽，話題便開始呈現越扯越擰的情況。

「哎，也對～～妳現在貴為大學生，與其關心高中生之間青澀幼稚又無聊的友情或戀愛，八成對研討會啦、打工啦，或者聯誼跟撿屍那些可以拿自我提升來顯擺的活動更有興趣～」

「我倒覺得妳講到後面越來越流於沉淪了。」

「再說，剛才妳也炫耀自己當上大學生以後交友圈變廣了……對於年紀比妳小，又還在讀高中……唉，即使撇開同為御宅族的優勢，我想妳就算對成為過去的男生不再感興趣，也沒有什麼不可思議啦～～」

先不提英梨梨對於御宅族依舊值得非議的價值觀……

詩羽承受過英梨梨一如往常地充滿幼稚惡意的舌鋒以後，設法忍住了差點發作的抖腿習慣，並且轉眼間就在腦海裡逐步擬好劇本。

「是啊，和以前相比，或許我現在的立場確實改變了。」

「哦～妳承認了啊～～」

「對，現在的我，處於要『引導』那個社團，還有社團代表的立場。」

「咦？不對，那跟妳……」

「換句話說，我該做的是在他（倫理同學）不知所措地煩惱時，告訴他：『不是那邊，對，就是那裡……』再用手指溫柔地引導他到入口……」

「我們談的不是那個吧！誰跟妳聊那個了！霞之丘詩羽～～！」

沒錯，詩羽像平常一樣，擬出了能讓自己痛快地將英梨梨駁得落花流水的劇本……

「澤村，所以說，這就是妳在『集宿』的成果？」

「對，雨中決戰篇。」

「……可是在我印象中，劇情大綱任何地方都沒有寫到有那樣的章節。」

「沒辦法啊，我靈光一現想到了嘛。」

「妳喔，什麼叫沒辦法……」

於是，等英梨梨鬧了一會兒，詩羽也將事情敷衍過去的例行程序告一段落以後……

不知不覺中，她們開始品評英梨梨的另一項伴手禮，亦即她從旅行帶回來的素描簿了。

「很壯觀的喔。周圍是滿滿一整片的雲、霧、雨，連十公尺前都看不見……明明在視野前方其實有高聳雄偉的連綿山峰！」

「所以怎樣？妳是出題要我加寫與『白茫茫一片什麼都看不見的景色』契合的劇情嗎？叫我幫妳寫？」

「哎喲～文章寫手就是這樣。妳覺得這張圖看起來像『白茫茫一片什麼都看不見』哦？仔細看清楚在白茫雲牆籠罩下隱約浮現的地形、人影和各個角落啦！」

「……虧妳在素描階段就能堅持畫得這麼細耶。」

「不會有情景浮現出來嗎？想到在這種下雨的日子發生了決定主角等人命運的戰鬥，妳不會胸口發熱嗎？」

「就算是那樣，對製作人員什麼交代都沒有就改掉劇情發展，又會在會議上挨罵喔。」

「妳在說什麼啊？我們的敵人是那個叫紅坂朱音的女人，不是馬爾茲耶。」

「澤村……」

「那個人可是只要內容有趣，無論會增加多少工作，無論會逼死誰都不管的紅坂朱音耶。」

其實最近在《寰域編年紀XIII》的製作會議上，這種事情已經變得不稀奇了。

在排得滿滿的工作進度規畫中，角色設計和劇情分鏡驚險趕出來後，會發現角色人數和分鏡張數莫名其妙地「大幅增加了」。

接著英梨梨像小學生一樣地表示「我想到了！」而熱烈訴說出來的空想，讓馬爾茲在製作進度上大傷腦筋，握有最終決定權的大人物(紅坂朱音)卻哈哈大笑……

再加上詩羽最後都被迫順著她們添寫劇情文章，讓她們看完內容後又被調侃：「果然妳也想做這段劇情嘛！」而構成的製作景象。

「妳這個人真是……」

有股沉甸甸的重量又落在詩羽手上。

那是英國駿馬違抗她的用意及想像不斷地加速，得拚命抓穩掌控的韁繩重量。

「妳沒有自信，是嗎？」

「我才不吃那種廉價的挑釁喔。」

「咦～那真的不做這段劇情了哦？好不容易畫出來的耶～～」

「……誰跟妳說是那樣了？」

「這才對嘛！」

結果，詩羽今天又讓管不住的悍馬韁繩脫手而出。

任憑馬與馬主人失控，她自己只管豁盡全力將她們平安導向終點。

不過詩羽立了誓。

等到年尾風光迎接有馬記念盃大賽(發售日)的那一刻，她要成為能完全支配馬與馬主人的騎手。

「對了澤村，最後一頁這個雙馬尾女生的草圖是？」

「啊，那張圖！那是倫也劇本裡出現的『第一』女主角『英梨梨（暫定名稱）』的草圖，總之我先試著想了幾個樣式……」

「……這張圖妳千萬不能讓倫理同學或波島看喔。」

唉，然而在賽馬場以外的地方失控，就不是她管得著的了……

不起眼女主角培育法GS2　終章追加補丁（惠&倫也篇）

「我說啊，惠。」

「嗯～？」

演唱會散場（GS2正篇終章過後），前往烤肉店開慶功宴的路上。

「呃，我想妳對伊織不用那麼厭惡吧……」

倫也帶著好像有些困擾，但其實也沒有多困擾的表情，朝剛才從天敵（伊織）手上略顯強硬地搶占位置（倫也身邊）的惠問道。

「我並沒有厭惡他啊。只不過，那個人對我來說毫無存在感，所以我會不知不覺地把他當成『不存在』來對待而已。」

「不，客觀來看，他的角色性比妳鮮明得多……沒事，我什麼都沒說。」

到去年為止，我吐槽惠都不需要中途把話收回，如今卻由不得我這樣了。

那是因為，惠不肯像以前一樣，對我的毒辣批評淡然處之……並沒有這回事。

只不過，她現在始終執著於將眼中釘排除在外，任誰來看，都會覺得角色走向黑化路線了。

「不要緊啦，我承認，我確實跟他有點處不來，但對方心裡也有數啊。」

「是那樣嗎？」

「嗯，所以我們不會干涉彼此。要是講話不合拍，弄僵了大家的氣氛，對雙方來說都是事與願違。」

「是喔，既然如此……」

「我想這樣的平衡，應該可以拖到母片送廠前才破局吧？」

「拜託妳別講這種烏鴉嘴到極點的預言啦！」

「總、總之，演唱會已經順利結束，這樣我們又朝冬COMI多邁進一步了！」

結果倫也體認到，話題只要扯上伊織就一定會踩到雷，決定這輩子不再挺身涉險，還認分地將話鋒帶往積極正面的方向。

「對啊，今天的冰堂同學好耀眼。」

「嗯，雖然不曉得她有什麼心境上的變化，拚勁飽滿得像擺脫了什麼一樣，這樣曲子似乎也能放心交給她了。」

「何況出海好像也脫離低潮期了。」

「跟嵯峨野文雄見面，似乎對出海造成了不錯的影響。真期待她之後完成的圖。不知道這次

會用什麼形式讓我嚇一跳呢。」

在倫也聊起社團的未來，硬想炒熱現場氣氛的過程中，內心激動得超乎意料，差點把對方置之不理，這是他的老毛病。

「再說惠，妳完全在向上發展啊！」

所以，總是被迫陪著他亂飆的惠就……

「我不重要啦。反正我又不是創作者。」

「不，妳的拚勁對『blessing software』才是最重要的吧！」

「……因為，我是所謂的第一女主角？」

「而且妳是副總監，還要負責程式碼跟其他零零總總的事……對我來說，對大家來說，妳都是最重要的成員吧。」

「…………喔～這樣喔～」

「至少在我偶爾講肉麻話的時候，請妳表現得更感激一點啦！」

在如此淡定的反應中，她巧妙地將些許的害臊藏了起來。

「所以，妳差不多該講給我聽了吧。」

「講什麼？」

「妳跟英梨梨見面時的事啊。剛才，妳不是說之後要告訴我？」

「啊～……」

於是，倫也感覺這次「有稍微掌握到步調了」，更加積極地跟對方談起更敏感的話題。

「結果，妳們和好了對不對？已經沒有任何疙瘩了，對不對？」

「嗯……算是啦。」

「是嗎……是嗎！」

「……但從對方的角度來看，或許最重要的問題還沒有解決就是了～」

「妳最近對於先揚後抑真的變得很拿手耶！」

就這樣，倫也稍微栽了一跤，而惠還是淡定地應付過去，然後帶著比較不淡定的微笑，當場停下腳步。

「嗯……就是這裡。」

「咦，妳說什麼？」

「是啊，我在說什麼呢？」

惠如此提問的地點，是別無奇特之處的巷道。

就在秋葉原，與車站有些距離的路口附近……

『呃，那我也可以叫妳「英梨梨」吧？』

『……嗯，謝謝妳，惠。』

那裡，正是去年（第四集）惠第一次直呼英梨梨名字，也是英梨梨第一次直呼她名字的地方。

「好啦，那我差不多要開始報告了。」

當時，也是在演唱會結束之後。

當時，社團同樣是前景可期。

而且在當時，她也做好了覺悟，要跟伙伴一同爬上這座凶險的坡道……

所以要再次起步，選這塊地方正合適。

「總之呢，倫也，我只會平平淡淡地向你描述事實，所以你要一字不漏地聽進去，然後冷靜地做判斷喔。」

「先等一下，原來妳們和好是這麼震撼人心又場面隆重的故事嗎？」

「首先，事情要從我訂了高原溫泉的旅館和新幹線車票說起……」

「我光聽開頭就吐槽不完了耶，為什麼這段故事從頭到尾都是外景，妳跟她和好到底花了多少錢啊！」

場面隆重豪華還超出預算，同時格局既小又無可取代的這段故事，於此時此刻，即將重新上演。

不起眼女主角培育法10 劇情追加補丁（加藤惠篇）

（讀這段短篇時，若您能當成正篇第十集的大風波「沒有發生過」便是甚幸。）

「話說回來，惠。」
「嗯？什麼事，倫也？」
在熱川溫泉的合宿進入第三天，我所肩負的任務，終於來到構思各女角泳裝劇情的階段了。
也就表示，我要跟穿泳裝的女主角，觸發一對一的對話劇情……
「該怎麼說呢，妳還是老樣子耶，一換上泳裝就變突出了。」
「…………呃，在這種時候，我該問變得突出的部分是指什麼嗎？感覺不太好判斷耶。」
因為如此，目前我正跟穿著泳裝的惠坐在沙灘，一起看著海。
「角色性啦～角～色～性！我講的是角色性變得突出，妳不要亂猜！」
……呃，希望各位不要用出奇冷漠的目光看我，無法認同的話，大家也來寫遊戲的劇本就好了嘛！

「……嗯，那我就稍微放心了，話說回來，我總是被吩咐『角色性要更鮮明』，假如連角色性變得突出都會被唸，那我就不知道要怎麼辦了。」

「不，畢竟像這樣仔細端詳妳穿上泳裝的模樣，會發現妳的膚質算滿細緻，凸的部位挺凸，凹的部位也相當凹……妳到底是怎樣！」

說真的，各位想看的話就一起來寫遊戲的劇……這暫且不提，不起眼女主角加藤惠穿泳裝的模樣一點也不會不起眼。

她這樣的造型就算做成模型來賣，感覺銷路也會很好耶……

「先不管那套評語聽了會不會開心，因為盯著看的人是你，雖然我不會害羞，但要是一直盯著看還是會覺得不敢領教喔。」

由於她的言行就像這樣，不以女主角而論就非常起眼，因此我挺能保持理性，這種安心感在某方面來說倒是可貴。

「即使如此，假如我沒有盯著看，而是讓視線亂飄，那不就成了單純因為女主角穿泳裝的模樣太耀眼，就不敢直視的遲鈍男主角了！」

「呃，既然是美少女遊戲，那樣不就行了嗎？」

「妳在說什麼啊？那種內向沒個性的主角，在這年頭只會惹玩家不爽吧！男方要更積極、更主動，而且更有進取心才行！」

「那麼倫也，難道你也想走煽情事故（幸運色狼）的路線？比方說，腳一滑就撲倒女主角（我），又『碰巧』把手放在女主角的胸部，而且手還會莫名其妙地大有動作……」

「錯啦啊啊啊！我啊……我的劇本啊，照那種套路來寫是不行的！就算我走的終究是王道路線，也要稍微將方向錯開，我想引發讓人出乎意料的萌系化學反應！」

談這些的時候，惠有意無意地開始用雙手保護自己的身體，還帶著一絲像在看待敗類的眼神望著我這邊，然而這暫且不提，我仍向她大力主張自己不會對劇本讓步的立場。

「……然後呢？換句話說，接下來你打算對我採取什麼樣的動作，倫也？」

說著，惠相當嫌煩似的將我如此熱情的主張應付過去，然後一邊撥起頭髮，一邊將臉埋進大腿，斜斜地往上朝我望過來。

「……關於劇情要用的點子，接下來我希望請妳來想。」

「咦～」

……先不提惠那樣的舉止明明就不起眼，卻頗能直擊人心，話講到這裡，我才終於把副總監要完成的使命告訴她。

「以往透過噁心阿宅創作者的粗製濫造……不，透過大量出品的美少女遊戲，泳裝劇情的礦藏早已被挖掘殆盡……正因為如此，才需要像妳這樣的草食性女生，提供我們想都想不到的新觀點！」

「那不就是靠別人或停止思考嗎？」

「總有什麼點子吧！身為女主角，穿上泳裝，在海邊一對一相處時！男主角做了會讓妳高興的舉動！」

「我又不是色女，才不會希望對方特地向我做什麼。」

「那是因為妳對男主角的感情放得不夠！因為妳沒有在戀愛！」

「畢竟泳裝劇情還在共通路線吧？」

「從共通路線就開始立旗有什麼關係，這是美少女遊戲嘛！」

「啊～總覺得女主角那樣好好騙喔～」

「我不想被妳這麼說啦！妳不要這麼說！」

沒錯，我不想被加藤惠這麼說。

從彼此認識時，她就肯親切地對待我這種噁心阿宅，甚至不離不棄，然而隨時間經過，對於這樣的我，她也開始展現出似乎有一絲特別的態度，從外界看來未免太好騙……

而且，從我的觀點看來這麼令人安心的女生實在是……

「那麼……我們折衷一下，彼此都不要有什麼動作，你覺得怎樣呢？」

而如此特別……不對，如此好騙的女生，用了跟平常一樣敷衍的口氣提出的點子是……

「什麼也不做，什麼也不說，只是像這樣坐在一起一直望著海，你覺得怎樣呢？」

她想出的內容果然頗具她的風範，感覺很草率。

「可是，那不會讓玩家覺得無聊嗎？」

「要不然，你會覺得無聊嗎？」

「咦……」

可是，就算這樣……

「跟我一起，像這樣一直望著海浪撲上來，再退回去……你會覺得一點意思都沒有？」

「呃，這個嘛……」

「我啊，並不會覺得無聊喔。」

「是、是喔……」

要說到，她那種既不積極也不主動，更沒有進取心的動作和對話能不能讓人萌得起來，我根本、絲毫、連一丁點都不覺得……

「完全不會覺得無聊。」

「唔……」

沒錯，我連一丁點都不覺得……

……呃，假如各位想要吐槽：這才是應該寫進正篇裡的劇情嘛！那大家都一起來寫輕小說就

（以下略）

不起眼女主角培育法10　劇情追加補丁（**波島出海**篇）

（讀這段短篇時，若您能當成正篇第十集的大風波「沒有發生過」便是甚幸。）

「好，倫也學長，保持那個姿勢！腿彎下去一點，腰放低一點，留意背後揹的女主角，同時輕輕微笑！對，感覺不錯！」

在熱川溫泉的合宿進入第三天，我所肩負的任務終於來到構思各女角泳裝劇情的階段了。

「那、那個～出海……」

「啊，我正在專心，請不要跟我講話。」

那就表示，我跟畫泳裝女角的原畫家要一起琢磨討論劇情事件ＣＧ的構圖……

「話是那麼說，旁人把我當怪胎的那種視線很刺人耶……」

因為如此，目前我聽從出海的要求，在沙灘照她的需求擺出姿勢。

「聽好了喔，學長。你現在是男主角，你是滿腦子只有女主角，正值思春期的純情青少年。眼光才沒有寬廣到像剛剛那樣，會去介意旁人的視線！腦子裡要裝滿又色又黃，只想親熱秀恩愛的桃色綺麗妄想才對，請學長要有自覺！」

「妳那樣一說，更把我拉回現實了啦，饒了我吧！」

我正在飾演「揹著腳受傷的女主角走在傍晚沙灘上的男主角」這種超難為情的角色……

何況我揹的不是活生生的女主角，而是想像出來的空氣女主角……

「呼，倫也學長，那請你休息五分鐘。」

「要我直接休息到永遠也可以喔……」

東拉西扯過後，我暫且逃離在海邊公開凌遲的寫生大會，然後坐到至今仍跪在沙灘上，正專心畫著素描的出海旁邊。

「總之，男主角的部分大致是這種感覺，學長覺得如何？」

「我、我認為畫得很好啦……」

在那裡，有個讓人疑惑「這帥哥是誰？」的男主角，正擺著頗有女權主義者調調的表情，對自己的背後投以微笑。

「不過美少女遊戲裡的劇情ＣＧ只出現男主角，感覺滿奇特的耶。」

沒錯，男主角的視線前方沒有任何人，營造出了微妙的驚悚感，有礙我給予純粹的評價。

那彷彿忘不掉過去葬身大海中的女主角，不知不覺間在自己腦裡創造她的形象，如今兩個人

仍在妄想世界中過著幸福生活的精神疾患男主角呈現的劇情CG……

「有什麼辦法嘛！女主角的範本現在不能用啊！」

「呃，妳說的那個女主角是誰？」

「那還用問，要揹的話當然是揹學妹啊！」

「喔～……」

的確，那現在自然無法請到那位女主角來擺姿勢。

除非有人能跟原畫家交棒。

……話雖如此，要在眾人環視之下跟女模特兒一起擺那種姿勢，我倒覺得是比獨腳戲更嚴苛的考驗。

「嗚嗚……學妹型女角果然很可憐。好不容易有恩愛的場景，也不能跟男主角一起擺姿勢，還要陪襯跟男主角同年紀的其他女角，淪為砲灰或者代替品，實在太慘了。」

「呃，出……出海，話是那麼說，但畫圖的人是妳啊，只要妳運用想像力，靠自己把學妹型女角捧紅就可以了吧！」

對於後半段言及的問題（學妹型女角失寵論），我刻意避而不談，然後將手放在捧著素描簿，垂頭喪氣的出海肩膀上。

「妳想嘛，比如不著痕跡地幫學妹型女角多加幾張劇情CG，或者稍微提高裸露度……」

「……可以那樣子嗎？偏心得那麼明顯？」

「……只要調整的方針不至於讓其他女角品質下滑，那就可以。」

於是，面對我提出的妥協方案……

「真沒辦法，那就這樣成交嘍。」

出海回以嘻嘻一笑，然後再次面向素描簿，拿起鉛筆開始作畫。

「要是處於創作者的立場，好像也會有其他女主角反而享受不到的好處，對不對？」

「有妳說的那種狀況嗎？」

「據說以前有人在劇本裡一直寫『啊～』地餵東西吃的情節，然後就真的被餵了。」

「妳從哪裡（動畫第五集）聽來的！」

「所以，我只要像這樣畫女主角的恩愛劇情圖，之後就會回饋到自己身上才對！」

「呃，這、這個嘛……」

「跟學長一起來海邊，情緒比平時更嗨，玩鬧到最後，一不小心就踩到貝殼或別的東西，沒辦法繼續走路的學妹型女角……還在沙灘上讓學長揹，因為內疚和不甘心而讓眼淚滴滴答答地流下來，可是可是，又對心裡有一絲高興的自己感到難為情，反而更想哭……！」

「回過神來，出海！」

妄想力確實是顯示創作者資質高低的一項指標。

「對不起喔，對不起喔，學長……我會不會很重呢？」

「出海，重的是學妹型女角，不是妳啦！」

「沒禮貌！學妹型女角也沒有多重啊……啊，不過心裡其實覺得很重，卻為了我硬撐的學長也很萌耶！」

「硬撐的是男主角，不是我啦！」

然而，由於資質實在太高，因此不具才華的平凡人……簡單來說，周圍盯著瞧的那些人無法理解，也就成了雙面刃……

所謂「觀人而內省己身」，大概就是這麼回事吧，我說真的……

「總、總之，我們差不多該換個地方取景了……」

「啊，好痛……痛痛痛痛痛～」

這次我實在承受不了旁人的視線，正打算當場開溜……正打算提議換個構圖的瞬間……

「……出海？」

被我催促，原本準備站起身的出海向前撲了一大跤。

「我、我的、我的腿……」

「妳、妳的腿？」

「……麻掉了。」

「啊……」

那麼，煩請各位在此回顧開頭的描述，回想出海是用什麼姿勢作畫的。

……您明白（她一直都跪坐著）了嗎？

「學長……你會揹我的，對不對？」

不起眼女主角培育法10　劇情追加補丁（**冰堂美智留**篇）

（讀這段短篇時，若您能當成正篇第十集的大風波「沒有發生過」便是甚幸。）

「美、美智留，我跟妳說……」

「阿倫，你不要老是動嘴，多動手嘛～」

在熱川溫泉的合宿進入第三天，我所肩負的任務終於來到構思各女角泳裝劇情的階段了。

那就表示，我要跟穿泳裝的女主角，觸發一對一的對話劇情……

「沒、沒有啦，不過……這、這年頭已經不流行塗防曬油了吧……」

「你不懂啦～阿倫，與其說為了防曬，塗這個更是防止燙傷的手段之一啊。」

「是、是喔……」

因為如此，目前我正用沾滿防曬油的手，撫摸著穿泳裝俯臥的美智留的背……夠了，各位不用吐槽任何話，想像我手上的那種觸感就好了。

「啊，阿倫，腋下的部分也抹一下，還有泳裝的縫隙也別漏掉喔～」

「妳不要因為這不是正篇，就講那種會讓特殊癖好者聽得七葷八素的話啦，小美！」

「可是，你要做的『美少女遊戲』不就滿滿都是那樣子的劇情嗎？所以人家才特地配合你的說……」

「我感謝妳全面提供協助的那份心意，也感激妳對目前的狀況平靜地予以包容的度量！不過還是先為我的心率和血壓著想啦！」

說著，遊走於尺度邊緣，幾乎要讓我夾著尾巴逃走的觸感直接傳進我的腦子。

再說我也明白（畢竟是第二次參照七十六頁的泳裝劇情），這傢伙一脫……不對，一露出肌膚，就會將運動少女十足完美的身材從內到外地展現出來。

肌肉與脂肪的絕妙比例，看似粗線條卻勻稱的體態，健美及煽情分庭抗禮。

假如出模型，肯定會相當入眼……沒有出是導因於人氣差距嗎……

「我想單純是亮相次數跟主場次數的差距。」

「妳聽見了嗎！」

「……好，塗完了。」

「謝啦～阿倫，好～這樣就準備ＯＫ嘍～」

當名為苦行的愉悅時間結束後……呃，由於是特典短篇，請容許我將情緒表達得比較直接，

不過這暫且不提，美智留似乎對剛才那讓人又喜又羞的劇情絲毫不以為意，一下子就站起身，還揮動手臂做起暖身運動。

幸虧這傢伙都不太會害臊，我也省得一會兒懊惱這個一會兒後悔那個，謝天謝地。

「那我們要玩什麼？不對，劇情要有什麼內容呢？我這個表親型女角的泳裝劇情～」

「反、反正，必備的防曬油劇情已經有了，接下來妳就充滿活力地游泳，讓我描寫到喜愛運動的那一面……」

「……可是，現在我們玩摔角的話，感覺滑溜溜的會很有趣耶～」

「那樣在各方面都太危險啦！」

「要用什麼招式呢？對了～像去年演唱會時一樣，再對你用章魚式固定好了。畢竟這裡是海邊嘛！」

「我沒有那種印象耶！」（那是動畫原創情節啦）

……話雖如此，多虧沒有那種懊惱或後悔，容易跟她有「下次」或「更深入」的進展，或許才是最大的問題。

「唔～既然摔角劇情不行，那試試人工呼吸的劇情……」

「不、不行，太老套了，所以不能用。」

何況那個橋段也已經用過了（在特典短篇寫過）……

「要不然，我們游到對面那座島，然後因為浪太高回不來，兩個人就在那裡過了一晚……像這樣的劇情呢？」

「不，我游不到那麼遠的地方啦！」

基本上，從這邊海面可以看見的島就是伊豆七島，她真的打算游過去嗎？

「呃～呃～……不然，我們走進沿海岸發現的洞窟，結果漲潮以後就出不來了～像這種劇情呢？然後，我們為了禦寒而點起營火，兩個人穿泳裝依偎著過了一晚～就這樣編吧！」

「……能那麼巧，找到那種洞窟嗎？」

而且，感覺那好像也是在哪裡聽過的情境耶……

再說在這部作品的話，我敢說跨過火堆撲上來的八成是女主角……

還有在這部作品的話，我敢說跨過火堆以後，有能不能克制住的根本性問題……

「好～就決定演洞窟劇情！那我去跑一趟，找找看附近有沒有洞窟～」

「等等啦……喂！」

當我正擔心表親型女角的泳裝劇情會變成情色遊戲時……呃，變成個人劇情線時，身為當事者的表親型女角，用全力從沙灘上跑掉了。

之後被留下來的，只有為了無中生有的妄想而懊惱的軟腳蝦主角……不對，劇本寫手。

「……真是的。」

唉，這種讓人期望落空的感覺才像美智留……應該說，倒也適合用來替這位健全美色表親型女角的劇情收幕。

因此我……不對，男主角就……

面帶苦笑地，慢慢追到活力十足地躍動著的她背後。

為了在她跑累時，能抓準機會把飲料遞過去……

「我找到嘍，阿倫～！有洞窟，黑漆漆的都沒有人，完全符合形象～！」

「真的假的！」

「好～來點營火嘍，要兩人獨處了～！正好海水也漲上來了，天時地利，絕佳的過夜劇情環境～」

「哇呀啊啊啊啊啊啊啊～！」

不起眼女主角培育法GS2・5（霞詩子&嵯峨野文雄篇）

『妳、妳說一頁都還沒有寫～？』

「……不要緊，反正遊戲的劇本也已經完稿了，接下來我會專注於這邊。」

面對從電話口傳來的悲痛叫聲，詩羽盡可能冷靜應對，卻沒能阻止從太陽穴附近滴落的一道汗水。

『可、可是，可是……離月底已經沒幾天了……』

「完全不成問題……寫《戀愛節拍器》時，我曾經在一週內寫完一集。」

『我有信心可以完美重現當時插畫家發出的悲痛慘叫喔！』

那是在酷暑尚未消退的八月下旬。

霞之丘詩羽……應該說，輕小說作家霞詩子的人氣系列作《純情百帕》，離最新一集截稿日剩下不到十天時，於下午午後所發生的事。

「因、因為這樣，我想對妳那邊也會造成『一些些』負擔，不過還是要按照當初的規畫出書喔。」

『呃～這次不能選擇延一個月嗎……』

「不，那不行……假如被遊戲劇本耽擱而讓小說的稿子遲交，我就輸給紅坂朱音了。」

『我覺得自己跟那場較量完全無關耶～！』

「嵯峨野老師，妳在上一集表示『想將插圖全部重畫』時，我爽快答應了，對不對？」

『可是妳後來也講過：「截稿日可不能延後喔。」這我還有印象耶～！』

而透過電話口正在跟詩羽展開激烈辯駁的人，則是她在輕小說方面的合作伙伴。

《純情百帕》插畫負責人，嵯峨野文雄。

「所以，我才說不能延後交稿吧？沒問題的，大學生就算放完暑假還是在放假。」

『不，不對啦。何況當暑假過後還在寫稿的時間點就已經超過截稿日了，完全超過了～！』

……與如此酷似男性的筆名呈對比，高八度的慘叫聲從話筒傳了過來。

『話說回來，這次格外費工夫耶～不過妳幫上一款遊戲寫劇本時，感覺好像也沒有多順利就是了。』

「發生了許多狀況啊……對人說不出口的事才多得像山一樣呢。」

『不過霞老師，妳是跟鼎鼎大名的紅坂朱音共事啊。好厲害喔，真令人憧憬～』

「唔……那個鬼上身的鬼畜惡婆婆有那麼令人憧憬的要素存在嗎？」

『雖然我不知道妳們發生過什麼，但似乎是發生過什麼呢……』

「無所謂，我可以透露許多事給一無所知的妳……那個女的，做人到底有多自私又目中無人又腦子有病。我還可以告訴妳她多麼沒人性，對於搞垮其他人根本不以為意……」

『……呃，剛才妳不是講過，那所謂的「許多事」是對人說不出口的嗎？』

※　※　※

「那時候，我差點就受挫了……是的，無論身為作家，還是身為他的師父。」

『喔～……嗯。』

詩羽對於紅坂朱音的抱怨仍在持續……並沒有這麼回事。

「不過，即使如此，他還是叫我繼續寫，叫我往前進……他展現了自己的成長，想藉此說動我。」

她從否定紅坂朱音的人格，一路談到了自己身為作家陷入的危機，乃至於促使她予以克服的「一篇劇本」，話題儼然已經發展成格局浩大的戀愛劇。

『哎、哎呀～不過，那樣聽起來，對方會不會只是想請妳驗收自己寫的劇本……』

「………………嵯峨野老師，妳對他究竟了解些什麼？」

『咦……？』

「他特地寫出像我的女主角，還替那個女主角編了碰壁後卻能重新振作的情節喔。難道說，妳不懂這有什麼樣的意義？」

『啊，我……我不懂耶～』

「這肯定是他對我的建言……沒錯，這就等於求婚！他甚至不惜被我否定，還是用了全心全意聲援我……」

『啊，呃～……是那樣嗎？』

怕生的詩羽……應該說，鮮少對人敞開心房的詩羽會談得這麼多，對過去認識她的人來說，這是令人不由得胸口發熱的感動時刻。

「而妳，妳對於他付出此等覺悟的心意，居然想用那種打哈哈的態度應付過去？無、無法容忍……我不認同妳那樣的看法！」

『啊啊啊啊！對不起對不起！是的是的，霞老師說得對，他好努力～！』

然而對過去不認識她，還被迫聽這一長串分不出是抱怨還是放閃事跡的人來說，會覺得誰管得著那麼多……

『我、我很能理解他所做的努力，對霞老師是意義相當重大的了。不過……』

即使如此，詩羽這麼不死心……不，這麼專情的態度仍透過電話口傳達過來，令人為之動容。

『不過，我記得他已經有女朋友了，對不對？』

「才不是女朋友，那是他的第一女主角！」

但是，該怎麼說呢，正因如此，她那種認真的態度太令人不忍……

而且，或許正因為詩羽……霞詩子有如此的性情，她編織的故事才會這麼打動人心。

『我、我說啊，霞老師。』

「怎樣？妳又想戲弄人了嗎？」

『沒有啦，不是那樣……下次，妳帶那個學弟出來，讓我跟他見一面嘛。』

「咦……？」

所以嵯峨野文雄……筆名容易讓人混淆的「她」……

『我會幫妳說句公道話，問他：你打算怎麼對霞老師負責任！』

決定打從心裡支持霞之丘詩羽這個女生。

……儘管如此。

「……不用，心領了。」

『為什麼！妳不是對他……』

「可是，我不想讓妳跟他見面。」

『咦……咦～為什麼嘛？』

「因、因為……從興趣和行動模式來看，總覺得妳跟他會相當合得來……」

『啊哈哈哈哈，怎麼可能嘛～！』

「真的？妳保證？這裡（正篇）也就罷了，假如妳在另一邊（戀節）跟他糾纏不清，我可不饒妳喔！」

『……抱歉，妳剛才講的那些，我半個字也聽不懂耶。』

不起眼女主角培育法GS2・6（霞詩子&柏木英理篇）

「啊……啊，有東西動了！看來他果然在房間！」

「……啊，是喔。」

「澤、澤村，拿雙筒望遠鏡！快點！」

「喂，霞之丘詩羽，不要大剌剌地在別人家陽台偷窺啦，妳這變態！總要顧忌街坊鄰居的眼光吧！」

聳立於山丘上的澤村家，從位於二樓的英梨梨房間的陽台，可以將她所住的城鎮景致一覽無遺。

……當然，就連坡道底下，位於幾百公尺前的安藝家二樓窗口也能納入眼底。

「我看妳才是不把這座祕密花園告訴任何人，一直獨自享受的變態吧？」

「我才沒有享受，更沒有準備什麼雙筒望遠鏡。」

「唉，要是知道妳的房間藏著這麼一座天國，我就提早來泡在這裡了……」

「……不好意思，我可不可以吩咐家裡從明天起禁止妳出入？」

進入九月後的頭一個星期天。

新作RPG《寰域編年紀XIII》的劇本&修正於幾天前完成，還有人氣輕小說系列《純情百帕》新刊也在「前一天」剛寫完，小說家兼劇本寫手霞詩子（本名：霞之丘詩羽）完全忘了起初來這個地方的目的，正享受著從陽台望見的美景（當中一小塊部分）。

然後，房間的主人——詩羽在電玩方面的合作伙伴，《寰域編年紀XIII》角色設計兼原畫負責人，柏木英理（本名：澤村．史賓瑟．英梨梨）——則是早早就放棄攔阻異常興奮的詩羽，為了專注於自己這邊根本還沒結束的工作，面對著書桌。

「我、我問妳喔，澤村……倫理同學，他最近過得如何？」

「沒什麼啊，看起來很有精神。」

「他、他有沒有提到我？比方說對之前的事情感到後悔，或者無論如何都想見我，或者還是忘不掉我之類的。」

「喔～沒有沒有。他完全、絲毫、連一丁點都沒有提過關於妳的話題。」

「……照那樣聽來，問題會不會出在刻意對我的話題加以管制的霉體？」

「啊～是是是，非常過意不去～」

就像這樣，英梨梨一邊專注工作，一邊還不忘對詩羽保持女生該有的脾氣。

實際上，她才剛鉅細靡遺地轉達對方，詩羽已經重新振作，而且仍如此拚命在努力的現況。

※　※　※

「這什麼嘛……還真是熱量驚人的作畫。」

「別把人家好不容易努力出來的心血那樣帶過啦。總有別的話可以為我打氣吧。比如『沒看過這麼棒的畫耶』或者『妳果然是天才』或者『如果把這個製成版畫附上序號，可以賣到●●萬日圓喔』！」

「……聽人說了最後那一句，妳會覺得高興？」

經過東拉西扯，兩人差不多也閒聊到膩了，總算才著眼於今天的目的，開始討論遊戲的相關事項。

詩羽的劇本幸而完成，對劇情ＣＧ的指示也都到齊，如今議題的重心是放在英梨梨遵從指示開始完稿的劇情原畫上面。

「總之，表示我這張線稿已經ＯＫ了吧？那我要傳給紅坂朱音嘍。」

「哪還需要問我……妳還是老樣子，最喜歡逼迫自己。」

話雖如此，詩羽像這樣目睹了英梨梨交到眼前的工作成果，已經逐漸迷失自己來到這裡的理由。

……因為完成度實在太高，用文章寫手的立場給意見會讓她覺得很蠢。

英梨梨的圖就是這麼契合於自己的文章，不，從中她更看出了超越文字的畫面。

「都怪劇本把我逼到了這一步啊。」

「我倒不認為自己有指示妳要勉強畫到這麼細……」

「我不是那個意思……」

「基本上，一張圖花這麼多工夫行嗎？這個月還有三十張吧？」

「減少到二十三張嘍，妳看。」

於是，詩羽看了英梨梨緩緩遞來的其餘六張線稿，內心又冒出一陣怪笑。

她笑的，是感覺不像一週內能畫七張之多的高超完成度，還有得負責替這些圖上色的ＣＧ團隊所面臨的苦難……

研發工作進入末尾，理應有十人以上的ＣＧ團隊已經對英梨梨一個人作畫的質與量接應不暇了。

陸續完成的線稿資訊量過大，上色作業來不及，連品質都趕不上。

即使如此，終於完成的ＣＧ交給英梨梨驗收，何止會被挑毛病，還會直接被修改，改過之後擺到眼前的，更是足以重挫人心的實力差距。

如今，英梨梨成了在不言中表露「跟不上是你們有錯」，可謂最頂尖也最惡劣的一條害蟲……不，一名外包人員。

「是妳的話，或許真能打倒紅坂朱音呢……」

而她們的上司（紅坂朱音）並沒有將研發團隊的混亂推給她們。

單純較量文章或圖的優劣，只要達到她要求的水準就一切ＯＫ，絕不會把政治或金錢方面的無謂麻煩推過來。

……因此，她花了多少能量處理那些無謂的爭鬥，這兩人也不會去追究。

只是用圖和文字過招，想打倒那位大魔王而已。

「妳說什麼啊……電玩遊戲是綜合藝術吧？」

「澤村……？」

「沒有劇情來讓我的圖綻放光彩，怎麼可能打倒那個怪物。」

「可是，我已經無能為力了喔。到這個時期，也不可能再修劇本了。」

「那我曉得啊……」

「啊……」

沒錯，要讓英梨梨來說的話，不懂的人是詩羽。

畢竟回歸根本，誘導柏木英理發揮出這種畫技的不是別人，正是名叫霞詩子的怪物筆下那篇離經叛道的劇本……

「是『我們』的話，或許真能打倒紅坂朱音呢……」

所以詩羽改口了。

「能啊。這還用說。」

然後，英梨梨立刻回答。

而她們倆——不，她們三人投入的名為遊戲研發的這場仗，終於要迎來了結的那一刻了。

「那休息一下吧。來，幫我把這個架到陽台上，霞之丘詩羽。」

「呃，澤村，這座望遠鏡是……」

「我怎麼可能會用雙筒望遠鏡？那種貨色的倍率太低了。」

不起眼女主角培育法GS2・7（霞之丘詩羽&冰堂美智留篇）

「這、這就是……倫理同學直接摸過的……」

「對啦對啦，想摸要付五百日圓喔～」

九月中旬，某間位於車站旁邊的咖啡廳。

「……妳都不排斥呢。」

「我是女校出身的啊～這種程度的肢體接觸算家常便飯啦～」

「明明耳朵是處女，身體卻很老實……不對，身體卻進入倦怠期了呢。」

「……那樣無論是訂正前或者訂正後，都一樣沒禮貌吧？」

在那裡有個坐在窗邊座位的黑長髮美女把手伸到坐在自己對面，髮型既捲又短的美女所穿的T恤底下，並且撫弄她的肌膚，呈現出十分奇怪而淫靡的光景。

重述一遍，九月中旬的星期日。離霞之丘家最近的車站旁的咖啡廳。

在那裡，有這陣子跟各種截稿日展開激烈攻防，已經變成無魂空殼的小說家兼劇本寫手——

霞詩子（本名：霞之丘詩羽）。還有為了譜出配樂，必須等新劇本完成，目前正在享受閒暇時光的樂團主唱兼作曲家──ｍｉｔｃｈｉｅ（本名：冰堂美智留），各自帶著如同其遭遇的慵懶表情，碰頭於此。

「低潮期……？」

「他好像有一星期左右都完全沒有進度喔，寫劇本。」

「才一個星期根本沒什麼大不了啊。像我在籌措《純情百帕》時，就比原本預定的遲了快半年……」

「啊～作家最喜歡賣弄的蝸牛效率，現在先擱到一邊去好嗎～」

於是，有所成就的這兩個人，話題自然而然地集中在至今仍無成就的某個人……既是表親阿倫，也是學弟倫理同學的男生身上。

倒不如說，這兩個人聚在一起根本沒其他話題可聊。

「話是那麼說啦，阿倫怎麼會突然變得效率低落了呢～明明前陣子我才陪他過了一整個晚上，幫他打氣的說……」

「我先聲明，曾跟他度過一夜的女性可是不勝枚舉喔。只不過，都沒有人跟他發展到最後就是了。」

「妳自信滿滿地開口放箭，只會射回自己身上吧，學姊？」

順帶一提，這兩人聊到那個男生，總是會將品格或顧慮（我想腥羶黃是不對的）全部拋開。

「然、然後，倫理同學的情況怎麼樣？有沒有好好吃飯？有睡覺嗎？他、他該不會還一邊叫著『詩羽學姊～回來我身邊啦啊啊啊～！』一邊在床上打滾吧？」

「……先不管妳那想得太美太噁心的妄想，既然這麼擔心，直接聯絡他問一聲不就好了？」

「這、這個嘛……」

然而，儘管聊八卦聊得熱絡，她們的其中一邊……前陣子（在第十集）才跟那個男生發生「許多事」的她不禁變得語塞，並且帶著凝重的臉色低下頭。

「不方便聯絡嗎？之前我好像有聽說喔～結果妳跟他吵架了。」

「才不是吵架。只是，我們在創作的走向上有所衝突……」

「什麼嘛～原來不是吵架喔，那就沒……」

「正是因為這樣……既然明白彼此的創作走向不同，我就無法給予他確實的建議。我已經，不是他的師父了。」

「唔哇，感覺好麻煩。」

「就是啊……我這個人很麻煩呢。」

那時候，詩羽沒辦法握住他伸來的手。不，她刻意不握。

會導致這樣的結果，是因為她內心有多餘的堅持？還是因為缺少必須的骨氣？至今她仍想不

出解答。

然而……

「……不、不過這種麻煩的性子，會不會反過來變成一種優勢呢？妳看，當我這樣子煩惱，是不是就像『以往經歷過風風雨雨，如今仍互相喜歡而令人惆悵的男女朋友』？妳覺得像不像？」

「如果沒有最後這一句，也許是挺像的啦……」

唉，應該說她本人仍存有餘裕，還是那灰色的腦細胞開出了朵朵俏麗的小花呢……

※　※　※

「什……」

「呵呵呵～怎樣？很催淚吧？阿倫哭得唏哩嘩啦的喔～」

借來的筆記型電腦攤開在桌上，從中播放著動人的配樂。

那是事情聊得差不多以後，當詩羽準備離開店裡而起身的瞬間，由美智留所安排的今天最大的驚喜。

那是美智留等人組成的「blessing software」正在研發的冬COMI新作《不起眼女主角培育法

（暫定名稱）》的研發版本。

順帶一提，場景則是年長型女角霞之丘詩羽（暫定）劇本的高潮戲碼。

「不、不過，這是……」

然而，那跟詩羽所知的故事情節有一點不同……

「這一幕變得很不錯對吧？靠我的配樂。」

因為那並不是她應該予以否定，內容無憂無慮，女主角過去的努力輕易就得到回報，讓人覺得甜膩膩的劇情。

而是她想過「換成自己就會這麼寫」，然後講給他聽，無比接近於以女主角的堅強和氣概為優先，劇情中帶了一絲苦澀的那個版本。

「這……難道說，他重寫了？」

「沒有喔，據說先寫好的是這個版本。可是，那傢伙把這廢棄了。」

「是嗎……」

面對女主角活在那篇故事裡所抱有的心境，詩羽終於察覺了。

不，她再次得以相信。

在他的心中，由自己……由霞詩子培育出來的劇本寫手血脈，至今仍生生不息。

「對了，這是小加藤做的，我說要拿給學姊看，她就講了滿奇怪的話。」

「奇怪的話？」

「印象中她是說『想給學姊看，又好像不想』……那是什麼意思啊？」

「……真是的，加藤最近越來越像個恩怨深厚的女人，令人討厭。」

「不，我認為她被學姊這麼說，可不會覺得甘願喔。」

「也對……或許是吧，呵呵。」

所以，詩羽帶著以往沒有在美智留面前展現過的柔和神情，笑了出來。

那是在九月中旬的星期日。秋日和煦灑落的上午。

……恰好在同一時間，她們話題中的那個男生，正在跟不知道哪來的狐狸精……不，正在跟某個女生用Skype調情，而這一點，她們沒有理由會曉得。

不起眼女主角培育法12　ＩＦ劇情線
～假如兩人照預定約會（電影院篇）～

「所以嘍，總之先去看電影，喝個茶，逛逛街，最後再用餐，這樣妳覺得如何？」

「好基本喔～」

九月下旬，星期六。

暖陽普照的假日午後，我跟惠按照預定在池袋車站會合了。

在約好碰面的地方，儘管惠跟平時一樣混在人群裡，淡定地玩著智慧型手機……

不過她用智慧型手機操作的內容，全是會合前跟我用ＬＩＮＥ的對話，或許不太稱得上淡定。

「好，那我們去影城吧！畢竟電影院是約會劇情的必經之處。可說是會有各種意外情節發生的寶庫……」

「我們講好今天不替劇本找題材的，對不對？講好是單純出來約會的，對不對？」

「喔、嗯……」

乍看之下，那是「惠冷靜地在叮嚀無謂有幹勁的我」，感覺也像見怪不怪的畫面。

不過，惠叮嚀的內容是「這可是不折不扣的約會」，果然就有種不知道該說是陌生還是新鮮的感覺……

「然後呢然後呢，惠，妳想看什麼？大致來說，目前上片的有成果遺憾的跨媒體改編真人版國產電影，也有砸下重本卻票房慘澹的好萊塢洋片……」

「先不管你為什麼都要推薦那種微妙的片子，我想呢，看動畫就夠了。」

「這、這樣啊。不過最近就算看動畫，也有被封為約會必看的巔峰名作……」

「反正你也想避開那樣的片子，對不對？沒關係啦，我們看別的。」

「……感謝您體貼呵護。」

不過，儘管她用那種方式讓我意識到這是約會，在關鍵的部分還是會像這樣打馬虎眼，果真痛快。

「好！那我們就效忠S○NY和KAD○KAWA集團，看劇場版SA○好了！」

「哇～感覺別有用心的消音都沒有發揮消音作用耶。」

所以我就跩了起來，宅氣畢露地……應該說，我絲毫不管女生的想法，跟往常一樣自顧自地猛衝。

沒錯，我甚至想到自己之所以常惹惠生氣，都要怪她對我太寬容等類似惱羞成怒的話……

「沒問題啦！這部作品裡同樣有老婆，肯定也會有秀恩愛的戲碼！」

「呃～即使你強調有秀恩愛的戲碼，我也不知道該怎麼給反應。」

「那妳就不用期待那個部分！一起對武打場面手心冒汗吧！」

「是是是，好期待喔～」

假如不只是冒汗，還順便握起對方的手……這句話我當然不敢說出口（大概），我們穿過號誌轉換的路口，朝鬧街的方向走去。

※　※　※

「時間空下來了耶～」

「……對啊。」

抵達影城以後……售票處比想像中排得更長。

由於我們想看的電影，是Ｓ○ＮＹ和ＫＡＤ○ＫＡＷＡ集團舉全力推出的超級大作（以下將省略類似描述），要買票的話，只剩七小時以後，過晚上八點鐘才播映的場次了。

啊，順帶一提，請不要介意電影的上片期間跟故事時序的整合性。

「買完票後要做什麼呢？在看電影之前先吃飯？」

「還是說，我們改看比較有空位的電影？或者不看電影，改去其他地方……」

「為什麼？我完全沒問題喔。」

「可是，這不是妳等那麼久也想看的片子吧？」

於是，在遲遲不前進的買票隊伍中，惠用比平時的淡定多出一些些雀躍，卻無疑顯得開心的表情對著我……

「因為出這樣的意外狀況也很開心啊。」

「咦……」

「在第一次約會就立刻搞烏龍的插曲……對兩個人的回憶來說，不是滿有哏的嗎？」

「唔……」

總覺得，我突然被戳中萌點了。

嗯，這一戳，簡直準到讓我的臉瞬間變嗯……不對，瞬間變紅的地步。

「再說，電影演完會超過十點鐘，就表示接下來，我們保證有十小時左右的時間可以在一起啊。」

「～～唔。」

而且，最後命中了我的要害。

嗯，簡直準到讓我全身血液瞬間集中……不對，瞬間沸騰的地步。

「惠，我、我、我說，妳喔……真不知道該怎麼講妳耶，真的有夠隨便的……不對，妳真容易打發……不對，妳好溫柔。除了生氣的時候以外。」

「或許我得到誇獎了，不過在你剛才的發言之中，大約有三個地方要訂正，可以嗎？」

像這樣，明明我的舉動顯然不對勁，但惠給的反應卻還是只跟平常的淡定偏離了那麼一點點。

然而，那一點點的差異，真的真的讓我……

※　※　※

「那麼，票也買到了，接下來我們去喝茶吧。」

「好、好、好啊……」

總算脫離影城前的排隊隊伍時，距離我們在車站會合已經過了三十分鐘左右。

在這段期間所得到的東西，則是被我的手汗弄得有點濕的兩張電影票。

「所以嘍，從現在開始到十點鐘為止，我們要避免在吵架以後不歡而散的局面才行。浪費掉電影票錢也嫌可惜。」

「喂，妳不要講那種話嚇人啦！」

唯有今天，我們應該不用擔心會吵架。

然而，萬一我把持不住，想讓彼此關係「更進一步」，很可能會換來「……回家吧。」、「……也對。」的氣氛。

所以惠剛才打趣的那句話，對我來說就像是冰點下的叮嚀。

不過……

「也對……我們互相小心吧。為了電影票錢。」

「……嗯，為了電影票錢。」

正因為這樣，我帶著約四千日圓的覺悟，牢牢地牽起惠的手。

而惠面對我的覺悟，也用了約兩千日圓的力道回握。

結果我原本想努力在電影院中做的行為，就這麼在電影開演前達成了……

但我真正的目的，在於「確認彼此是否能『更進一步』」，而在觸發這項劇情之前，我只得保持居高不下的心率，來度過這段漫長的時間了。

不過，萬一……

在夜深時分，我為了劇情所抽的轉蛋，萬一跑出了SSR的加藤惠……

到時候的高潮戲碼跟在白天觸發相同劇情相比，大概會刺激好幾倍吧？我有心無心地這麼想。

（註）沒有收尾。

不起眼女主角培育法12　IF劇情線
～假如兩人照預定**約會**（百貨公司篇）～

「那麼，我去試穿一下喔。」

九月下旬，星期六。

時鐘顯示的是下午三點多。

下午一點於池袋會合的我們，花了兩小時左右到街上閒晃還有喝茶，目前則在位於東口百貨公司內的服飾店逛衣服。

「好啊，別說試一下。我就待在店外面，妳可以試好幾件，也可以一直猶豫喔。」

「那樣不行吧，倫也……」

「可是，反正電影八點多才上映，時間多得是……」

「呃，我說的不是時間，而是距離的問題耶。」

「什麼？」

「畢竟你在我試穿時，不是還有負責講幾句感想的簡單工作嗎？」

「……什麼？」

「所以，你不在試衣間前面等就傷腦筋了。」

「對不起，那種跟約會一樣的事情我做不來，請放我一馬！」

「我不信。」

「啊唔……」

沒錯，正如惠剛才點破的，我們現在所做的行為，就是不折不折扣的約會沒錯。我說真的。

「倫也，基本上，要是你討厭陪我試衣服，一開始就可以拒絕來服飾店了啊。」

「可是妳喜歡逛衣服嘛。明明是御宅族後備軍。」

「你那種硬要把御宅族跟時尚隔絕開來的觀念，差不多要改了啦。」

「可是社會對御宅族的歧視還是很深耶。舉例來說，我要是穿好一點的衣服，還會被嘲弄成時尚阿宅……」

「詞彙那樣用就錯了，何況對你造成陰影的與其說是衣服本身，我倒覺得穿搭方式才是問題。」

「不行啦，妳那樣一說就毀了啦～！」

惠迅速應付掉我的哀號，然後捧著衣服迅速走進試衣間，拉上了布簾。

……而我，依然不被允許從現場開溜。

※　※　※

「對了，我們第一次約會也是在六天場購物中心吧。你明明會怕。」

「那是因為當時妳說無論如何都想去……」

結果，來不及溜的我留在試衣間前面，聽惠隔著布簾傳過來的說話聲，還有穿脫衣物的細微聲響。

表示這個人目前正一邊脫衣服，一邊淡定地跟我對話……

「當時也一樣就是了，你偶爾會變得有點像女權主義者耶。雖然平時都超自私的。」

「有錯嗎！我只是想看人們得到期望中的東西時，那種開心的臉嘛！」

只看言語上的互動，感覺是我惱羞成怒而給人不好的印象……

可是對方開口時，是挾帶了拉下裙子拉鍊的聲音跟我找碴耶，不覺得很惡質嗎？

「當然沒錯啊？」

「是吧？是吧！」

「先不管你那套做法還有旁人的眼光，我又不討厭你那樣的特質。」

「只要妳沒提到那些前提，或許我也會對剛才那句話心懷感激了……」

「何況～不管陪的是誰，你都能用那種方式尊重對方，說起來，確實是很像你的作風啦。」

呃，只有剛才那段說話聲比之前要來得低一點，口氣好像也變得很敷衍……

不過，被某處釦子扣上的聲音蓋過以後，我也沒辦法做出正確的判斷。

「沒有那種事啦。在那之中，妳高興的臉會帶給我多一點動力喔。」

「……只有多一點？」

「誰教妳總是盡心盡力地體貼我，比我為自己著想的還多。」

「…………你明明總是把我的態度說成『淡定』，還每次都拿來當哏～」

從剛才的說話聲和停頓，倒不是沒有感覺出一絲絲鬧脾氣的味道……

不過，從試衣間仍會傳出讓人思索「呃～這是什麼聲音呢？」的動靜，連要推敲都已經達到精神上的極限了。

「所以說，那種『不以為意的態度』就是妳最溫柔的地方嘛。」

「嗯～我覺得自己被呼攏了……」

「我哪有可能是在呼攏妳……」

「倫也……？」

沒錯，哪有可能啊。

肯用「不以為意的態度」接納我，對我這種活在底層的御宅族不知是多大的救贖與撫慰……

惠身為普通女生（除去可愛這一點不談），大概是不會懂的吧。

雖然說，這只是妄想。

假如，加藤惠這個女生跟小學低年級的我……跟我還有英梨梨同班，我無法不去想像那樣的情境。

因為是御宅族，因為又瘦弱又戴眼鏡；因為是混血兒，因為是美少女，就無端亦有端地遭受迫害的我們身邊，要是有這個（大概）留娃娃頭的女生在。

當然，或許她才不會關心我們，也不會理我們。

說不定，她還會在不得已之下，跟大家一起拿我們起鬨。

然而，我別無理由地，會忍不住期待那樣的可能性。

期待在過去，宅言宅語地聊得正開心的我跟英梨梨旁邊，能有一個沒多大興趣，更沒有抱持敵意，別無理由地留在我們身邊的同學……

「……怎麼了嗎？」

「唔，沒什麼，沒事。」

不知不覺中，試衣間的布簾拉開了。

眼前有新增服裝圖檔……不對，換上新衣服的惠站在那裡。

「可是，你的眼睛……」

「我剛才重新體認到，妳真的是個好人。」

「……總覺得怪怪的。」

雖然眼前有一點模糊，看不清楚就是了。

「嗯，滿適合的喔。妳果然有時尚天分，雖然我完全不懂。」

「呃，不要只捧了短短一秒就讓我摔下來好嗎？」

「好，那就挑這套吧！喂～店員小姐！」

「啊，不行啦，這套衣服……」

「可以啦可以啦，因為今天是妳生日……呃。」

說著，我為了掩飾自己微妙的臉色，只想趕快把東西買完，結果惠舉到我眼前的是……

附在袖口上，寫著三六〇〇〇日圓價碼的標籤。

……而且旁邊還加了「特價品」的字樣耶，太太！

「這種狀況，滿常發生的呢……心裡知道這件衣服絕對不會買，還是忍不住試穿。」

「三萬……六千……」

而且還是特價品。

「那麼，接下來我要挑戰五八〇〇〇日圓的衣服嘍。再麻煩你講感想。」

說完後，惠把呆愣的我晾到一邊，還帶著（以她來說）使壞似的笑容，迅速拉上了布簾。

於是不到幾秒鐘，穿脫衣服的細微聲響又出現了。

為了再一次，帶給我不同的驚喜。

「我說啊，惠……」

「嗯～？」

「將來，我會買來送妳的，那套衣服。」

既然如此，我也非得給她些什麼才可以。

或許現在並不是物質上的。或許單純只有心意。

「不用啦。我又沒有那種期待。」

可是我遲早會……

「不，妳要大大地抱著期待！我會用我們的最強美少女遊戲賺一票，無論哪套衣服，都可以用社團經費買給妳！」

「……那樣我何止一點都不會高興，感覺在稅務方面也會有問題耶。」

不起眼女主角培育法12　ＩＦ劇情線
～假如兩人照預定約會（餐廳篇）～

「走了滿久耶～我好像有點累了。」

「之後還有電影要看，妳別在播片時睡著喔。」

九月下旬，星期六。

時鐘即將顯示為下午七點。

我跟惠從下午一點開始的池袋約會過了六小時，到了太陽西斜的時分，我們把地點轉換至巷道內的義式餐廳（註：實惠價）。

「那麼，今天一天辛苦你嘍。」

「我說過，還有電影要……」

「乾杯～」

「唉，也罷……乾杯。」

於是，我們為了替約會的中場增色，用葡萄酒……酒杯裝的碳酸水乾杯……

「好啦，怎麼點菜呢？點套餐嗎？還是我們用單點的，吃披薩和義大利麵以量取勝？」

「就單點吧。那樣可以分著吃，種類也比較多。」

而且，我們只喝了一口潤潤喉，然後馬上盯著菜單，開始跟超過六小時沒吃任何固體食物的肚子打商量。

「那麼倫也，菜色交給你挑嘍。我來選甜點。」

「不不不，既然要我來選，能不能連甜點都交給我？不要緊！這裡什麼都好吃……聽說是這樣啦。」

難得在生日約會，或許也有看法認為：氣氛像這樣一如往常好嗎？

不過，驚喜這種東西就是要從一如往常的和樂氣氛突然轉變，才是最有效果的，這在統計上已經獲得證明了（來源請求）。

換句話說，我算準的是……

「那樣是無妨啦，但千萬不要這樣喔。」

「……咦？」

於是，當我正打算對自己的完美計畫露出邪惡笑容的那一瞬間……

「你看，菜單上這個『生日特別甜點』的項目。」

「…………咦～」

惠指了菜單上的一處，狠狠地扎中我的表情肌。

沒錯，那正是我向這家店訂位時，唯一事前預約好的得意驚喜。

在大量蛋糕及冰品的拼盤上插仙女棒，並且調暗店裡的燈光，由店員領頭齊聲合唱生日快樂歌，只要是女生都會芳心大悅的驚喜……

「居然拖其他客人一起唱生日快樂歌，太難為情了，我沒辦法接受。雖然我不覺得你會請店家辦這種像『現充』才會弄的慶祝活動。」

「…………………咦咦咦咦咦～」

※　※　※

「你去好久喔，我先開動了。」

「啊，別客氣……」

裝成去洗手間以後，取消特別甜點的手續順利處理完畢（此外，因為店員露出了非常困擾的表情，所以我就請對方把蛋糕打包了），等到回座位時，桌上已經擺滿了我點的菜餚。

「嗯，確實每一道都很好吃。『以你來說』，真的很會選呢。」

「哈哈……」

看來，我今天籌備得最盛大的生日驚喜，似乎是碰了一鼻子灰。

在我們之間，彌漫著非常非常和諧的氣氛，「在生日一對一到餐廳慶祝」的怦然劇情感不知道去了哪裡……

「嗯，這道生火腿沙拉也很棒喔。來吧，你也要多攝取蔬菜……」

「惠，我、我跟妳說！」

「嗯～？」

然而，現在不是對惠那種跟媽一樣的體貼感到滿足的時候。

「這是……送妳的禮物。」

「咦？啊……」

畢竟今天可是一年一次的重要日子。

而且對我來說……不，對我們來說，或許會成為一生一次的重要日子，年年都值得慶祝。

「什麼嘛，原來你有準備禮物。那你在服飾店就不用那樣充面子了啊。」

從占滿桌子的餐盤找出空隙，擺在惠眼前的，是手掌大小的紙包裹。

「不，不是啦……不管那個了，妳打開來看看。」

至於我，臉色有一絲害臊。

「好、好的……」

面對如此坦白的慶生步驟，儘管惠說了幾句玩笑話，臉頰上仍泛起一絲紅暈。

她拿起紙包裹，小心翼翼地撕開膠帶，露出挺坦白的期待表情看向裡頭……

「才怪～！那裡面裝的只是名片～」

「咦……」

於是當樸素塑膠盒滑落到她手中的那個瞬間，我的「第一波驚喜」就完成了。

同人遊戲製作社團　blessing software

副代表／副總監／第一女主角

加藤　惠

從盒子拿出來之後，用透明膠膜護貝過，尺寸同名片（因為是名片所以當然如此）的成疊卡片上，可以看見如此簡潔的署名、網頁網址與洽詢用的電子信箱。

「妳想嘛，冬COMI不是快到了嗎？所以我先替所有成員，做了跟其他社團或店鋪公關用的名片。」

「…………」

正如所料，惠聽了我這段「單純的業務報告」後擺回平時的淡定表情，呆呆地望著名片。

她實在想不到，我會在這個時間點玩這種壞心眼的把戲吧。

「沒有啦，抱歉抱歉。其實呢，這才是我真正準備要……」

至於我則是照著昨晚拚命想出來（卻顯得很無聊）的「先抑後揚」計畫，現在才將真正要送的禮物放到桌上……

「…………嗚。」

「……咦？」

「討厭啦……我……好高……興……」

「咦？咦？咦？」

原本想把禮物擺上桌，這次卻換我驚嚇過頭而僵住。

「啊哈哈……感覺好蠢，對不對？我居然會這麼……高興……」

「呃，惠……？」

畢竟，怎麼看都是真哭。

看起來只像打從心裡表示感激，假如這是假哭，對我來說就足以構成一輩子最大的驚喜了。

不過……

「我們一起加油吧？」

「啊……」

「這一次……我們所有人、一定要……在冬COMI成功，然後、一起抵達……有歡笑的終點喔。」

「……嗯。」

我想，那大概只是我還沒有完全理解她最重視的事物。

明明並未理解，卻不小心讓我押對寶了，如此而已。

要有社團，有大家，還要有我……

這個叫加藤惠的女孩子，是比任何人都熱愛「在一起」的女孩子。

「來，倫也……你要第一個收下……我的名片。」

「好、好啊……那麼，我的也給妳。」

「往後，也要請你長長久久地，給予我指教喔。」

不起眼**女主角**培育法GS3　第十二・六・五・五話

那是星期五早晨。

撐過今天一整天的無聊課程就到週末了，對學生們來說，或許是最為期待的醒眠時刻。

「搞什麼嘛，學姊……這麼早打電話來……」

『對不起，我有點事要找妳討論。』

在如此令人雀躍的早晨，酣眠的美智留突然被智慧型手機的來電聲打擾，用如假包換的不悅態度接了電話，於耳邊響起的是還算熟悉，然而由對方主動聯絡卻顯得稀奇的嗓音。

「討論事情是可以啦……非要一大早嗎？」

『其實呢，這是很重要且緊急的事情。嚴重到非在今天就設法解決才行。』

「可是，假如現在要談那麼複雜的話題，我上學會遲到耶……」

『妳早就遲到了，不是嗎？』

「…………喔～」

那是星期五早晨。

撐過今天一整天的無聊課程就到週末了，對學生們來說，或許是最為期待的醒眠時刻。

……然而，時鐘顯示的時間，對學生們來說，應該是早就開始上課的九點半。

「妳說阿倫跟小加藤……真的假的？」

「唉，至少女方氣炸了，還有男方仍對她依依不捨都是可以確定的。」

後來，隔了一小時後。

別說趕到學校，美智留根本就放棄上學了，然而當著家長面前，她還是穿了制服出門……

目前，她正在附近的咖啡廳跟剛才通過電話的詩羽直接碰頭，並且大嚼大啖由對方請客的早餐。

「真假～因為感情問題搞垮社團，阿倫那傢伙果然是在享受現充生活嘛啊啊啊～！」

前些日子，美智留確實提過「第一女主角跟男主角還會有一陣風波」，如今是展現了猶如能預知未來的慧眼。

不過，那指的終究是第一女主角跟男主角，而非社團副代表跟代表之間的感情問題才對……

看來，事態比美智留原本想像的更有進展。而且，似乎是朝著（某方面來說）絕望的方向走。

「所以要保護『blessing software』，以免事情變成那樣啊……靠妳跟我。」

「呃，可以嗎？對學姊來說，那不是等於自殺行為？」

而且，在此還有另一件事情出乎美智留預料。

她原本以為陷入這種局面時，眼前這個對男方依依不捨的病嬌女大學生會露出跟目前完全相反，可以說負面到令人絕望的反應……

「之前妳對我說過吧？妳說，我有拯救社團的義務……」

但此時此刻，她……霞之丘詩羽所談的，卻是對社團來說，還有對「安藝倫也跟加藤惠」來說理想的著落。

那是出於身為學姊的責任感或者舊情人的堅持，還是身為社團舊班底的內疚？其實連詩羽自己也不懂……

「真的可以嗎，學姊？放掉像阿倫這樣的好男人～」

「好男人……冰堂，妳說這話是認真的嗎？」

「誰教那傢伙頭腦好～又沒有學壞，更重要的是長得可愛～」

「……像妳這樣從普世觀點對倫理同學給予高評價的人，真的很罕見呢。雖然也可以說是偏袒自家人。」

無論是澤村英梨梨或加藤惠，還有詩羽自己……都實在無法大大方方地對那個盲目猛衝的阿宅社團代表給予讚賞。

她們對他抱持的好感，真的僅止於「來自個人觀點的評價」，對此詩羽有所自覺。

「妳在說什麼啊？親戚聚會時，所有人口口聲聲都是『阿倫真厲害』的滿堂彩耶。」

「……是嗎？」

「畢竟聚在一起的都是鄉下人啊～光是考上東京的知名私立學校就會被當高材生。大家還在猜他最後會考上東大還是早應。」

「……感覺一畢業就會現出原形呢。」

「像我這樣只有體育才能，又把學業撇到一邊跑去玩樂團的人，就會被當成叛逆的放牛生。還老是被拿來跟阿倫比較，一點面子都沒有。」

「……畢竟放牛生是事實，我想這也是無可奈何的事。」

「再說，那傢伙對任何人都肯陪笑臉，講話對答也口齒清晰。」

「……我倒覺得他只是『聲音一直都很大』，真是各有表述呢。」

「我們家所有叔叔跟阿姨，最疼的都是阿倫喔。畢竟他聊什麼都一臉開心的樣子，還會大大方方地稱讚別人的優點。」

「…………」

「怎麼了嗎，學姊？」

「沒什麼……」

雖然在這個時候，詩羽把問題矇混過去了，但她想起了某段既懷念又難為情，同時還勾起了

一絲愁緒的回憶。

她想起用話語明確地稱讚自己，還有自己作品的那張厚臉皮笑容。

當著作者的眼前對情境描述落淚，被人物戳到萌點，讀文章笑出來，還有全面予以肯定的盛讚之詞。

感覺上，那就跟方才眼前這位和他有表親關係的女生，對表親偏袒到毫無愧色的那些話一模一樣……

「……我啊，只是重新體認到妳好蠢、好單純、好煩人。」

「什麼話嘛～！學姊，妳不是有事想求我才來的嗎！」

「當然嘍……冰堂，我絕對要妳幫這個忙。」

正因如此，詩羽有自覺。

自己這項計畫需要跟男方在相似環境中成長，跟男方有相似的精神構造，還具有血緣關係的她協助。

憑詩羽一己之力，是無法將躲進天岩戶的女方從中引誘出來的。

「就靠我們讓那兩個人重修舊好……懂嗎？」

「……然後呢～我要做什麼才好？」

而且，詩羽還有另一項自覺。

美智留那令人傻眼的全面肯定，果真不假。

那才不是個人見解。

「我來寫劇本。所以嘍，妳要用平時那種纏人的功夫，把加藤拉進這場戲。」

「叫我演戲？像小加藤那樣嗎？」

「不，妳不用發揮演技……」

正因為男方如此愚蠢、如此單純、如此煩人……不，因為他如此積極、努力而純粹，自己才會受到吸引。

「妳只要照自己的想法把我寫的詞告訴她，那樣就行了。」

她明白，自己的那段戀情，不是一場錯誤。

不起眼女主角培育法GS3　第十二・七・五・五話

日期變成星期六後，差不多過了五小時的時候。

「我問妳喔，出海。」

「什麼事，惠學姊？」

之前那場「女生聚會」，在惠的「震撼表白」下散場後（參照GS3正篇），三人……不，兩個人的遊戲研發合宿仍在繼續。

為了替第一女主角叶巡璃製作個人路線的劇情CG草圖，而擺起姿勢……不，而被迫擺起姿勢的惠，還有拿著鉛筆素描，彷彿要將模特兒全身掃過一遍才肯罷休的出海，即使黎明將近，彼此還是興奮得睡不著覺，陸續累積新的成果。

此外，另一名合宿參加者美智留則是老早就燃料用盡，目前正在旁邊的沙發上進入熟睡模式。

「呃，其實我從剛才就一直很在意……照這種構圖，女主角的內褲不會被看見嗎？」

「當然會啊。」

「……抱歉，我可不可以換姿勢？」

「咦～！為什麼？」

而她們目前在忙的，以劇情編號來講是「巡璃15」……正好就是進入巡璃的個人劇情線，主角跟巡璃開始交往的告白情節的構圖。

然後，惠為了關鍵劇情的原畫所擺的姿勢，是背靠牆壁、雙腿屈膝豎起的坐姿，也就是第十一集封面所畫的那樣……啊，沒事，就是蹲坐姿勢。

「呃，出海，妳要問為什麼……」

既然如此，便服設定成穿及膝短裙的第一女主角，叶巡璃的這張劇情圖面從出海跟惠目前的相對位置來看，顯然是可以從正面窺見裙底風光的角度才對。

附帶一提，照惠目前的打扮，是否會實際走光……哎呀～反正服裝設定是全權委由深崎老師處理的。

「可是，這就是巡璃在這個場景的自然樣貌，對不對？惠學姊就是這麼想，才擺出姿勢的，對不對？」

「呃～那是因為……我沒有設想到會被玩家看到啊。」

「意思是說，妳只想給倫也學……給男朋友看？只會若隱若現地用裙底風光勾引男朋友？」

「才沒有，我又不是那樣的色女，才不會主動露裙底。」

東拉西扯過後，結果惠對變得暴露的尺度感到害怕，可是早就下筆的出海卻毫不理會……

「不，色女ＯＫ的，非常蠱惑人喔，惠學姊！像這樣把裙子掀到尺度邊緣，還若隱若現地露出大腿內側，明顯是在引誘人，等男朋友心動再把責任賴給他，第一女主角有這樣的狡智實在太棒了！」

「妳顯然是陷入妄想了吧。妳這種毛病跟英梨梨一模一樣耶，出海。」

「可是可是，在惠學姊心裡，這就是第一女主角接受男主角告白的姿勢啊，對不對？既然這樣……」

「並不是。因為這時候我們只是在講電話，沒有實際露給他看或勾引他。」

「咦？這個場景是用電話告白的嗎？可是從劇本看不出來耶……」

「呃，雖然劇本裡不是……但是倫也跟我彩排時是用電話啦……」

因此惠只好把這段劇情實際描述的情況揭露出一小部分，好讓出海這種腦袋搭錯線的失控停下來……

「彩排？跟倫也學長？」

「啊。」

然而，由於她沒有發現，那並不算一小部分，而是藏在心裡頭實在不吐不快的「國王長著驢耳朵」……

「請、請問，這段劇情，該不會是你們兩位的真實體驗……」

「沒有喔，完全沒有那麼一回事喔。」

「可是可是！學姊有講到彩排！還說是跟倫也學長彩排！」

好不容易重新開始的深夜寫生會，轉眼間又變回深夜的女生聚會。

「咦～學姊不用再隱瞞那些事了吧？反正剛才都表白那麼多了～」

「這跟那是兩碼子事……不對，我才沒有表白。完全、絲毫、連一丁點都沒有。」

「惠學姊，妳都不肯認命耶……不然我們再請霞之丘學姊出面……」

「啊、啊～有信耶，有寄給我的電子郵件。不好意思，我們休息一下喔～」

「咦～我好不容易提起勁的說～！」

「妳是聊得起勁，不是畫得起勁啊。」

說著，惠設法將出海支開以後，急忙打開在黎明時分，一般而言不可能選在這種時段寄到的郵件……

「…………哇。」

「哇？」

「啊……」

而且，她還做出了非常非常明顯別有深意的反應。

「信是誰寄來的？」

「誰都不是喔～真的喔～」

「請妳不要做出那麼假的反應，惠學姊。」

「唔……」

儘管連惠本人也分不出那是無心間的反應，還是兜了圈子的愛現……

「是倫也學長寄的……對不對？」

「我覺得那並不重要耶，出海。」

「會在這種時間寄信，你們的關係果然不尋常。」

「不一定喔，說不定是從海外寄來的啊～」

「那學長是從海外寄來的嗎？」

「我覺得妳這種鑽牛角尖的講話方式不好耶～」

還有，從她拚命打哈哈卻又絕不否認的地方來看，根本就……

「那我們不要鑽牛角尖，直接講重點……學姊，請給我看那封信。」

「我、我覺得那樣不好耶。從個人資料保護法的觀點來看也不妥……」

「女人間的友情是不會受制於那種法律的嘛～」

「我沒聽過這種說法啦，出海……」

「就算沒聽過，我還是要請學姊讓我看……務必！」

「咦……咦～」

即使被出海這麼不講理地逼迫，惠也沒有斷然拒絕，只是顧左右而言他。

儘管惠本人還是不清楚自己那樣講話，是出於何種用意。

即使如此，女生「們」可不會放過她那一瞬間的破綻……

「搶到了～～～～！」

「冰堂同學！」

「做得好，美智留學姊！」

明明到剛才都在睡覺，卻因為嗅到祕密而醒來的美智留，一下子從惠的背後把她的智慧型手機搶走。

「欸，妳、妳們別這樣，不要看……」

「想得美～！小波島，那邊交給妳了！」

「包在我身上！惠學姊，請不要動！」

「啊啊啊啊啊～放開我，出海～」

於是，過了三分鐘……

她們三個人，將惠的智慧型手機畫面上所顯示，那封可以當成進度報告，也可以當成賠罪、告白還有巡璃劇情線文本的長信讀完以後……

「唔哇……倫也學長真是……」

「這什麼信啊。連我身為他的表親都覺得超噁。」

「所以我才不想給妳們看嘛……」

不起眼女主角培育法GS3　終章2

「才想說妳回來了……原來妳待在這裡啊，英梨梨。」

「啊……」

星期日，從晚上八點過了三十分鐘左右。

英梨梨背靠著庭院大樹，坐在地面上，仰望天空以鉛筆在素描簿上作畫；從她身後，傳來了從小就熟悉……應該說，從小時候完全沒變的嗓音。

「入夜後要開始變涼了，不趕快進來家裡會感冒的喔。」

回頭望去，那裡有個身高與英梨梨差不多，髮型也相仿，卻身穿和服的黑髮婦女……雖然要如此稱呼，她的容貌嫌太過稚氣，但站在那裡的終究是位婦女。

「對不起，媽媽，再讓我待一下。」

那位婦女名叫澤村小百合。

她是外交官夫人，也是腐女，更是英梨梨的母親。

「妳在畫什麼？」

「我想畫一下夜景。」

一半擔心、一半好奇的母親接近而來，為了從她面前藏起素描簿，英梨梨微微站起，卻還是堅持繼續素描。

「哎呀？」

然而，做出這種故弄玄虛的舉動，為人父母的自然會更關心孩子。

「這不是……妳跟小倫嗎？而且是小時候的你們呢。」

「才不是呢。」

既然如此，隨手畫在風景圖當中的小女生、小男生會被發現，也是在所難免。

「為什麼要害羞呢？畫得很可愛不是嗎？簡直像女性向遊戲的男女主角。」

先不管這位太太特地用女性向遊戲來比喻的腐界眼光，畫中的兩人確實如她所說，十分可愛亮麗。

不知不覺中，女生穿上了禮裙，男生則穿晚禮服。

彷彿適合用「兩人從此過著幸福快樂的生活」來替故事收尾的一幕。

不過……

「所以我才說不是了……」

「英梨梨？」

「這是女性向遊戲的，男女主角……所以，不是我，跟倫也……」

「…………」

直到剛才都運筆如飛的鉛筆，不知不覺地停了下來。

原本凝視素描簿的英梨梨，目光完全落到了地上。

而且，雖然黑漆漆的看不清楚。

她那望著地面的表情，跟畫中穿禮裙的女生，肯定也截然不同……

柔和的風吹過庭院，林木窸窣。

雖然分不清是不是被那陣風吹的……英梨梨衣服的袖子，微微地搖曳著。

「媽媽，我，我跟妳說……」

「果然…………這就是妳跟小倫啊。」

「咦……」

「畫在這上面的，或許是往事中的一幕。或許跟當下的現實不同。」

然而，在那短短的幾秒鐘……

「……即使如此，當時男女主角所懷的心意，仍舊是真的。」

小百合身為母親，已經完全摸透了女兒的心境，而且也予以接納。

「當時的妳，待在小小的世界。」

星期日，從晚上八點過了約一小時……也就是晚上九點左右。

「那是只有爸爸、媽媽還有小倫在的，小小世界。」

背靠庭院大樹，坐在地面上，仰望著天空的，不知不覺中從一個人，變成了兩個人。

「不過呢，不過，妳現在的世界，變得既寬又廣……無論身為人，或者身為創作者都一樣，對不對？」

母親摟住女兒的肩膀。

「我又不是自願去開拓的……」

女兒把臉埋進母親胸前。

「就算這樣，好不容易拓寬了視野，妳在這廣大的世界，就要去看遍每一個角落啊。」

「媽媽……」

母親包容自己的愛，讓英梨梨把她的身影，跟大一歲的「好友」重疊在一起。

那時候，她就像目前在身旁的母親一樣，堅強且溫柔地，包容著獨自被遺棄在廣闊世界的英梨梨。

她替不得不從廣闊世界踏出去的英梨梨，墊了第一步，不，第二步。

「妳要跟許許多多的人，還有創作者互相接觸……身為人，身為創作者，妳都要更加成長茁壯喔。」

然而，無論是她，或者目前在這裡的母親，都不可能墊第三步，或第四步。

接下來，只能靠英梨梨親自邁步。

「到了將來……妳再跟飛往廣闊世界的小倫重新相遇就行了。身為創作者，身為朋友，然後……」

而且，無論是她還是目前在這裡的母親，應該都是那麼期望的。

「到時候，小倫在妳眼中會是什麼樣呢……我從現在就覺得期待呢。」

月亮在不知不覺中，被小小的雲朵遮住了。

暗下來的夜空，在今天卻讓天上繁星變得更亮，足以令人稱奇。

彷彿點出了於英梨梨的廣闊世界中，眾多伙伴及對手所在的位置。

「在我眼中會是什麼樣……就算妳這麼說……」

然而，英梨梨一下子就找到了。

「我覺得他完全不會變耶。」

找到那顆以都市來說顯得罕見，從十年前就在幾百顆星星當中，散發著格外耀眼的光芒，而

且最受她鍾愛的唯一一顆星。

「那麼，妳可真是了不起的『女孩子』呢。」

小百合放棄似的嘻嘻笑了出來。

她對這個固執、不知變通、愚蠢，還一直線走上歧途的不肖女，打從心裡感到驕傲。

「等我把這畫完喔。」

「好啊……」

英梨梨再次拿起鉛筆。

素描簿上，再次冒出流利的運筆聲。

至於小百合，則是望著女兒那早已遠遠超越自己的筆法，卻還是目不轉睛地把她當成需要費心照顧的孩子看待。

……直到女兒在最後，在天邊多畫了一顆格外斗大的星星。

不起眼完結後漫談法（英梨梨＆詩羽篇）

二〇一七年十月某日。

都內某處，ＫＡＤＯＫＡＷＡ第三大樓的會議室內。

在這間密室之中，為了紀念《不起眼女主角培育法》完結，正準備召開活動，從讀者寄來的各種問題中，針對「趁現在故事完結才能回答」的內容進行深度探討。唯有特典小冊子才方便這樣安排，在商業出版品要重新收錄就會有顧忌了。

「好的，那我們立刻開始嘍，霞之丘詩羽。」

「等我一下，澤村，我正在篩選讀者的來信……」

此外，這次活動將由澤村・史賓瑟・英梨梨與霞之丘詩羽，兩大附屬女主角進行主持，在這裡先向各位告知一聲。

「準備好了嗎？那就先來看第一個問題吧！」

「呃，這封是來自千葉縣的T姓讀者……關於漫畫版衍生作品的問題。以詩羽學姊為主角的《戀愛節拍器》，跟原作有完全不同的原創情節，而且到現在仍有延伸的劇情。以英梨梨為主角

的《egoistic lily》劇情發展卻幾乎都按照原作，然後就完結了。請問為什麼會有這種差異呢？」

「………第一個問題就來這招，妳很有種耶。」

「沒有啊，妳看，我只是不經意地從整疊來信裡，拿了最上面的來唸。」

「妳不是剛剛才在精挑細選嗎！那一整疊都被妳翻過了啊！」

「不過關於這一點，所能做的說明就是『莫再問』，或者應該說，這是基於對原作角色的愛有差距……」

「才沒有差距！雖然不能詳細說明，不過這單純是諸多因素導致的結果！」

「……妳那樣回答，根本不像『趁現在才能做的說明』嘛。」

「原先是有構想的！起初是打算『只有第一集』先照原作演，之後就會接到原創情節了，大綱就是這麼寫的！證據是企畫書上也有記載：『在半夜的美術準備室兩人獨處。差點被保全人員抓到的心驚膽跳脫逃篇』……！」

「……就算對老套的文風睜一隻眼閉一隻眼好了，那為什麼沒有盡快分歧成妳的個人劇情線呢？」

「就說有諸多因素了嘛，有諸多因素～～～～！」

「啊～好好好，那麼，下一封來信是……不然這次給妳選吧，澤村。」

「唔、哼！那我這次可要精挑細選……尤其是會被妳嘲笑的那種問題，我絕對不受理！」

「那無所謂，麻煩妳快點。何況篇幅又沒有多長。」

「好，就選這封吧，我選這封！呃～這是來自千葉縣的S姓讀者……恭喜原作隆重完結。話說，原作穩穩妥妥地走了惠的結局，但在持續出書的過程中，原本是否也有一絲機會走到英梨梨或詩羽的結局呢？」

「…………所以說，這就是妳為了不被我笑而挑出的問題？澤村，妳這樣拖我下水，不是應該叫要死一起死嗎？」

「可、可是！關於這一點，我就是比妳有優勢啊！」

「我倒是覺得，以些微之差落到第二名，跟遠遠落後於最後一名，在女主角競爭中都一樣，輸了就是輸了……」

「就算這樣，我還是比妳更受相關人士的關愛！像深崎老師在第六集推出時，也說過『我看乾脆走英梨梨的結局就好了』！」

「……可是出第二集時，我想那個人有說過我才是第一。」

「再說，故事來到末尾，明顯就是由惠跟我兩個女主角當主打！十二集和GS3都是用我們兩個當封面！」

「多虧如此，加藤在十三集單獨上封面時，妳那完全落敗的慘狀也就浮現可見了。」

「就算這樣！我的等級還是跟第十集進封面以後，就完全落入敗戰處理模式的妳不一樣！

不，妳的高潮場面早在第七集的吻戲就演完了，霞之丘詩羽！」

「說來說去，作品中跟倫理同學接吻過的，也就只有我跟加藤兩個人。」

「才不是！倫也的初吻是跟我！我們小學時就親過了！」

「那只是原作者的腦內設定，我記得在作品中一次都沒有提過……」

「正因如此，這跟『趁現在故事完結才能講』的活動概念完全符合啊！」

「我倒覺得那樣的話，妳在本篇中先提及會比較好……算了。既然令人意外的背景設定也出現了，就用這封來信的問題收尾吧。這次是來自千葉縣的M姓讀者……」

「……又是千葉？」

對於來信都偏重於千葉，或許也會有人皺眉頭，但實際上書迷來信的地址就是壓倒性地以千葉居多，在此特予明記。難道是讀了《果●》而被啟蒙的輕小說讀者嗎？

「我要唸嘍。這是關於英梨梨跟詩羽兩個人將來的問題。原作有提及《寰域編年紀ＸⅢ》完成後，她們要搭檔製作輕小說一事，不過原作結束後的兩個人會有什麼發展？為工作而活嗎？還是展開新的戀情？或者覺醒成百合……？」

「……當著本人的面講這種話也很奇怪，但是搞百合不可能啦，百合免談。」

「雖然我無意否定同性婚姻，關於這一點倒是與澤村持相同意見。基本上，不分男女都去尋找新伴侶的劇情安排，以近年的風潮來想也完全不討好。」

「妳要訴諸自己的內心啦，而不是顧慮讀者的需求！講話要更坦率，順從內心！」

「叫我順從內心，舉例來說？」

「這個嘛，好比說，被倫也拋棄的絕望導致妳心靈崩潰，濫用藥物到最後就陸續接受了好幾個男人……」

「……與其說那是順從我的內心，感覺比較像同人作家柏木英理的內心。」

「不然我幫妳畫出來吧？趁這次冬COMI出本，跟原作完結的時間點很接近，會滿有買氣的喔。」

「妳別拿他人當題材，要做零售生意就自己下海。比如，妳可以先囚禁倫理同學，再當著他面前派一群男人圍住加藤，然後一邊露出淒厲笑容，一邊說：『惠，妳真是活該。』……」

「喂！妳要自甘墮落就算了，別把我描述成陷害朋友的黑心女啦！」

「是啊，城府深的人物有第一女主角就夠了。」

「……應該說，我們談的是不是快要變成『即使趁完結也提不得』的內容了啊？」

「就這樣嘍，差不多該收尾了。」

「那最後來討論看看，今後的我們會變得怎麼樣呢？」

「那怎麼能現在談。畢竟後話的案子早就發下來了。」

「……這部作品真的有打算結束嗎？」

不起眼**完結後**漫談法（出海&美智留篇）

二〇一七年十月某日。

都內某處，KADOKAWA第三大樓的會議室內。

在這間密室之中，為了紀念《不起眼女主角培育法》完結，正準備召開活動，從讀者寄來的各種問題中，針對「趁現在故事完結才能回答」的內容進行深度探討。唯有特典小冊子才方便這樣安排，在商業出版品要重新收錄就會有顧忌了。

「那我們趕快開始吧，小波島。」

「請、請等一下，美智留學姊，我還沒有準備好～」

此外，這次活動將由波島出海與冰堂美智留兩位板凳班底，呃～……兩位中途加入的女主角為各位進行主持……

「……………總覺得，剛才好像有人非常瞧不起我們耶，反正篇幅也不多，從第一封來信唸起吧。」

「……………雖然我的熱忱突然直線滑落了，還是改換心情，先從兵庫縣I姓讀者的來信開始介紹。這是關於第二部（第八集算起）劇情發展的問題。第九集有英梨梨，第十集有詩羽，第十一集則有惠，劇情中分別有將她們寫成遊戲女主角的恩愛情節，可是為什麼就只有出海跟美智留兩個人被跳過這段關鍵的恩愛情節了呢？是因為那個嗎？事到如今還要寫出海或美智留主場的集數，難免會給人拖戲的印象，所以才匆匆跳過……」

「好，來讀下一封來信吧～下一封！」

「……呃～美智留學姊，這樣對專程來信的書迷不會很失禮嗎？雖然我由衷覺得後半的考察內容實在不需要。」

「喔，這個問題不錯耶。來自神奈川的Ｋ姓讀者。作者在第十三集的後記（請先讀過內容喔）有提到，原先的角色設定好像跟現在完全不一樣，實際上之前的角色設定是怎麼樣呢？只透露一些些也好，請問能不能發表？」

「原來如此～那我確實也有興趣呢。不過美智留學姊，那麼久以前的設定應該沒有保留下來吧……」

「嘿嘿嘿～別小看我喔，小波島……看，妳覺得這是什麼？」

「這是……『小說企畫書　第四稿　二〇一二年●月●日改訂』……咦咦咦！」

「沒錯！這就是Fantasia編輯部實際對《不起眼》的企畫表示ＯＫ，值得紀念的過稿企畫書了！」

「咦～我想看我想看！我是設定成什麼樣子呢～？」

「好啦好啦～畢竟發現這份寶藏的是我，要先從我的設定看起～……呃～女主角四：姓名，冰堂美智留。負責項目：公關、行銷……？」

「喔～聽說學姊起初是負責公關，而不是配樂，原來那是真的耶～」

「屬性：妹系……」

「咦……？」

「對主角的稱呼：倫也學長，或者只叫學長……」

「…………」

「…………」

「咦咦咦咦咦～！怎麼回事！那寫的不是我嗎～！」

「這什麼啊……表示妹系女主角的名字起初是叫『冰堂美智留』……？」

「那、那、那我的名字呢？波島出海是寫在哪裡～？」

「唔……呃～好像是補上去的耶，大概就這段吧？女主角五：姓名，波島出水……」

「……波鳥？出水？」

「負責項目：程式。屬性：內向、寡言、眼鏡。」

「……這樣看來，無論是我還是美智留學姊，都沒有保留任何原形呢。」

「奇怪了～這應該是編輯部指示可以開始動筆的企畫書，可是內容真的完全不一樣耶。差異大到足以逼偶像退出演藝界，以示負責了。」

「唉，我是在第三集登場，美智留學姊則是在第四集登場，大概是隨著劇情發展，寫故事的人就忘記原本那套設定了吧……」

「有、有夠散漫又不負責任……」

「或許對方可不想被美智留學姊這麼說喔……」

小說要講究鮮度，因此企畫書也會有有效期限。這是理所當然的結果……

「好、好啦，說來說去，還是弄清了意外的真相，那來唸最後的問題吧～」

「是的，呃～這次是來自德島縣的O姓讀者～恭喜《不起眼女主角培育法》完結，各位辛苦了。不知道該說是高興或落寞，心情很複雜。那麼，正篇就這樣完結了，不過動畫等跨媒體改編作品是否還會繼續推出呢？我個人也會想看出海或美智留的外傳作品就是了……」

「……喔～」

「……動畫的部分不知道會怎麼延續呢～原作未搬上螢幕的劇情倒是還有庫存。不過，最後一集還是有了滿漂亮的收尾，嗯～」

「倒不如說，就算我們想把事情攤開來講，一旦扯上動畫，光是由ＫＡＤＯＫＡＷＡ這邊也說不準～」

「畢竟還會牽涉到製作委員會啊～」

「所以嘍，動畫的事情麻煩去問Aniplex，就這樣～」

「好不容易來到最後一個問題，但好像沒有好好回答到讀者耶。」

「…………」

「這樣收尾滿過意不去的，可是也沒有時間再讀一封來信……」

「……呵呵呵。」

「……美智留學姊？」

「關於動畫，我們確實做不出任何答覆喔。單就動畫這方面，是吧？」

「還、還有什麼……可以談的題材嗎？」

「鏘鏘鏘～！這就是本次單元中，藏在最後的大祕辛～！」

「呃～上面寫著……『漫畫版企畫書　美智留篇　初稿　二〇一四年●月●日』…………咦咦咦咦咦咦咦咦咦～！」

「哎呀～其實在動畫播映期間前後曾經有這麼一回事～據說原作者被當時的責任編輯慫恿說：『趁這個時間點推企畫就會過喔。』就興高采烈地擬了構想～」

「真的嗎！這是事實嗎！原來有過這種事啊！」

「唉～結果好像一下子就不了了之啦。」

「為、為什麼沒有實現呢……？啊，動畫推出那陣子，原作者很忙……」

「嗯～那也有影響到啦，不過企畫書的內容也是原因之一喔～」

「？讓我讀一下好嗎？呃……『故事概念，鄉下的暑假。國中二年級的倫也與美智留住到了長野老家。兩人在山中四處跑跳，還到河邊戲水，後來遇上雷陣雨就急忙躲到山洞。為了避免感冒，兩人打算用體溫互相取暖……』呃～國、國中二年級……？」

「所以嘍，由於內容無法變成普遍級，這個案子就沒有實現了～當時責任編輯設想的，好像是用『icy tail』當主打的樂團故事，結果交出去的卻是完全不一樣的東西，據說一瞬間就被打回票了。」

「不愧是前情色遊戲寫手……」

「哎喲～要演這種劇情～我是完全ＯＫ的說～畢竟跟這類似的情況我也實際經歷過……」

「萬分感謝各位讀者的來信～我們就此失陪了～！」

不起眼**完結後**漫談法（惠&倫也篇）

二〇一七年十月某日。

都內某處，KADOKAWA第三大樓的會議室內。

在這間密室之中，為了紀念《不起眼女主角培育法》完結，正準備召開活動，從讀者寄來的各種問題中，針對「趁現在故事完結才能回答」的內容進行深度探討。唯有特典小冊子才方便這樣安排，在商業出版品要重新收錄就會有顧忌了。

「那我要唸來信了喔，倫也？」

「好，放馬過來！」

此外，這次活動將由加藤惠與安藝倫也這對似乎會引起其他角色反感的搭檔進行主持，在這裡先向各位告知一聲。

「總覺得，最近想把我抹成貪婪形象的風潮很嚴重耶，但我主持的時候不會放在心上，請大家多多指教。」

「……既然妳沒有放在心上，我覺得別提那一點比較好喔。」

「…………呃～首先是來自茨城縣的W姓讀者。恭喜完結。聽說原作者之前在專訪中提過，這部作品原本的重心並非製作遊戲，而是要讓角色們閒聊讓人有共鳴的業界百態，還預定要規劃成像《學●會的●存》那種風格，倘若如此，原本是否會出現比現在更多的業界敏感題材呢？假如有現在才方便揭露的廢案，請跟我們做個分享。」

「……都自己指定『業界的敏感題材』了，為什麼還覺得我們能公開？」

「呃～現在我的手邊有剛起步時的企畫書，我就從『題材候補』的頁面隨便唸過去嘍。」

「噯，妳不要跟《一択彼女　加藤惠》那款ＡＰＰ一樣，用睡前聊天的輕鬆口氣公開這種事啦！」

「業界哏其一。某間遊戲公司收到了一封陌生男子所寄的郵件。上頭寫著：『貴公司出品的遊戲令我深受感動，故望能改編為電影，請安排一聚。切莫擔心，我已經與製作公司那邊展開接洽。』……」

「呃，一開場就這麼猛喔。」

「後來過了幾天，又收到同個人的信。上面寫著：『我似乎沒有得到回應，請問狀況如何？若貴公司不予回覆，很遺憾，這個案子將由我自行洽談。』……」

「還無視於版權方，自己繼續搞喔！」

「接著是業界哏其二。」

「而且妳連事後報告都沒有就換下一條嗎！」

「又隔幾天，這次換另一個人寄信過來了。上面寫著：『我手上有非常不得了的遊戲企畫案。請僱用我。就找貴公司的招牌寫手和招牌原畫家來製作這款遊戲吧。』……」

「又來這麼猛的～！」

「後來過了三天，郵件又來了。上面寫著：『經過三天仍沒有回應。是怎麼搞的呢？這麼說來，聽說在這個業界，廠商只盜用點子卻不聘請人才的案例層出不窮，要是你們繼續用這種方式應對，我就不得不那麼想了。』……」

「感覺那間公司快被逼瘋了啦！」

「接著是業界哏其三……」

「可以了！這樣已經夠了，休息吧……！」

還有因為寫手開溜，發包廠商自己用短短一天的時間替女主角寫好劇本，結果成了那款遊戲的當紅角色，還登上包裝封面，遊戲上市後開溜的寫手則突然跑回來，並在網路上發表意見說：「哎呀～當時寫那個女主角花了不少苦心。」儘管還有許多諸如此類的事蹟，總之這個話題似乎談到這裡就要打住了。

另外，若是心裡認為自己就是題材的人請提出來，我會請吃烤肉。

「那麼，只好換下一封來信嘍。這次是來自京都府的S姓讀者。關於店舖特典的問題。起初推出特典時，內容好像不只短篇小說，還有書衣、海報等選擇空間，可是隨集數越出越多，感覺就變成短篇小說一面倒，還增加到一次兩三種，讓人覺得不平衡。難道沒有方法能改善一下嗎？比如請KADOKAWA這邊多附一些不同種類的特典。」

「…………換下一封吧，下一封。」

「咦～讀者好不容易來信詢問，不回答行嗎？」

「行啦！」

沒錯，隨著動畫開始製作，業務負擔失去平衡，在這個時期能替特典出力的只剩下自己……不對，不幸地只剩下原作者這種無關緊要的事情就不用講了。

另外，原作者也絕非閒著沒事，只是插畫家……其他相關人士實在太忙，請容我在此特予明記。雖然這種事不提也無所謂。

「好的，那麼，最後的問題要來嘍。這一次，是來自愛知縣的M姓讀者。關於跨媒體作品的問題。話雖如此，這次要提的並不是有沒有動畫續作之類的疑問。跟那些相比，我認為還有更能發揮原作者及插畫家特色的跨媒體改編形式。那就是…………」

「那就是？」

「……提問單元到這裡就結束了。謝謝各位的來信～」

「等一下等一下等一下！」

「呃～剛才是你自己說，讀者好不容易來信詢問，不用回答也沒關係的啊。」

「不不不不不，就算那樣，起碼也要把問題的內容講出來啊。更能發揮原作者及插畫家特色的跨媒體改編形式是什麼？應該有研討餘地吧？」

「……這個真的可以唸出來嗎？」

「不，所以妳光這麼說，不唸唸看是要我怎麼判斷……」

「那、那我只好繼續唸嘍……那就是，改編成十八禁遊戲。」

「啊～」

「畢竟原作者本來就是情色遊戲寫手，插畫家也有繪製情色遊戲原畫的經驗。這樣做形同反璞歸真兼回歸原點，可說是最為妥當的一條路才對。」

「呃～愛知縣的M姓讀者？我是不是該從製作委員會的成立背景開始跟你說明？」

「改編成情色遊戲如何呢？劇本3MB以上，原畫超過一百張，攻略角色連隱藏角色在內共九名，麻煩每個角色各要有三次以上的情色場景。」

「何況以跨媒體作品來說，這規格會不會太龐大了！」

「若貴司再不認真對此進行商討，請容我考慮採取法律措施……」

「那封來信好像變得跟之前業界哏的搞笑客訴同水準了啦！」

「所以我才建議你收尾的啊……」

「是我不好。都是我不好……所以嘍，請各位讀者保重身體……」

「呃～那我順便把這唸完好不好？假如無望推出那樣的重量級大作，就在三月發售（註：此為日本方面）的《不起眼女主角培育法Memorial》附一片迷你遊戲如何呢？以情境來說，可以描述第十三集終章過後的那一夜……」

「惠，妳現在是帶著什麼表情在唸那封信啦！」

Chapter 03

深崎暮人專訪

Interview

丸戸史明&

丸戸史明

Fumiaki Maruto
(Author)

INTERVIEW

「要寫就志在成功，如此下定決心而起步的《不起眼》。」

——請跟我們分享您開始寫《不起眼女主角培育法》的緣由經過。

起初呢，富士見書房的編輯來企畫屋是為了談其他作品的案子。那時候我正好結束電玩遊戲《WHITE ALBUM 2》的工作，感覺像放下了相當大的重擔，心想短期內應該可以不用接遊戲的工作了。我開始寫那部作品是在２００７年，寫完則是２００９年，然而上市卻是在２０１１年，所以在這段期間，自己全無成果問世，曾感到被外界遺忘的恐懼。雖然作品本身獲得好評，以結果而言是收到回報了，但在評價實際出爐前仍讓我有壓力，或者說恐懼。從這方面來講，輕小說每一集都會有評價，從書迷身上得到的回饋也比遊戲快，我認為大概也有供自己留名的空間吧。再說，多虧《WHITE ALBUM 2》，基於趁現在自己應該正有名氣的想法，我對那位編輯提到想嘗試寫輕小說，於是就寫起《不起眼》了。

不過那時候，我有點得意忘形。還打算用內容非常偏門的大綱寫成小說，假如沒辦法過稿就乾脆不寫了，我是這樣想的。只不過，讀了那篇大綱的編輯表示他能理解我想寫那種內容的心情，然而，在挑戰輕小說領域之際，他認為我這種寧可寫喜歡的東西也不介意失敗的想法並不妥當。既然要寫就要志在成功。不然，賣書的一方也會覺得沒搞頭，他是這麼告訴我的。經過這段事情，我才開始摸索要怎麼靠輕小說成功。順帶一提，當初我想到的大綱，是高中生頂替失蹤的父親混進公司上班的內容（笑）。

——聽說原始大綱裡的女主角比主角年長，還離過一次婚……

因為如此，我是從調低女主角的年齡開始努力的。

——請問《不起眼》原先的故事概念是？

由於我想寫對話劇，先從這個方向開始構思。Fantasia文庫出過《學生會的一存》這部大賣之作，代表有接納對話劇的基底，我打算走這條路。

——順帶一提，想出《不起眼女主角培育法》這個書名的人是……？

我取的書名全成了廢案（笑）。決定書名的人是責任編輯，我想當時富士見書房的董事長也有參與決策。按照編輯的說法，公司那邊似乎是希望讓書名走文藝風格，連帶吸引輕度客群。我想的書名則是「妳的角色性已經死了」之類的。那當然會變成廢案（笑）。因為如此，才會仿照海外科幻作品《The Only Neat Thing to Do》的翻譯名稱，取了現在的書名。

——初次寫輕小說，是否曾因為跟遊戲劇本不同而吃過苦頭呢？

由於是對話劇，所以會有一直用對話蓋過先前對話的表現手法。但是，對讀者來說似乎不好理解，出第1集時曾被罵得很慘。雖然我也有加以鋪陳，不過那終究是用來表述角色心理的文字，我原本認為不太需要「誰在哪裡做了什麼」這種對於情況的說明。換成文藝風格的小說，就會在鋪陳中花心思用技法來描述情況，很多作品光是如此就能自成一格。輕小說雖然是以對話為重心，以對話為主的敘述中仍會有簡短鋪陳，這給了我與本身作風合不來的印象。若能運用各種手法來描寫狀況，應該也會被認為是作家的技巧，但是靠輕小說的簡短鋪陳就難以呈現那種特色。要寫缺乏特色的文章，對我來說是非常難以接受的，我不願意接受。

我希望替所有文章添增特色，所以也想替鋪陳添上特色。可是，一旦要寫既簡短，又能適切地將情況表達出來的鋪陳，我就發揮不出自己的特色。於是第一集變成什麼樣了呢？幾乎都是用對話文串聯起來，鋪陳不見了。換句話說，就是跟電玩遊戲一樣的手法。玩電玩遊戲時，畫面會出現在螢幕上，因此不需要鋪陳。可是，輕小說沒有畫面，所以難以讀懂而讓人喝倒采了（笑）。到了第二集，我一邊煩惱要怎麼在短短一兩行的鋪陳中，兼顧狀況說明與表達個人色彩，一邊努力下筆。那大概是在逐漸適應輕小說吧。起初真的是寫不好喔，令人汗顏。寫了一行鋪陳就覺得無聊又刪掉，類似這樣。那是讓我吃了最多苦頭的部分。不過我從中途就認了，認為還是不太需要狀況說明，就盡是在描述角色的心理。所以說，是誰在講話、有幾個角色都還讀得出來，但實際上在什麼地方、擺出哪種姿勢、用什麼方式面對彼此就讀不太出來了。

──的確，對於場所的說明及有關角色行動或服裝的描述，在《不起眼》裡幾乎都讀不到呢。

都沒有呢。不過那部分幸虧有動畫，應該說，看過動畫的觀眾讀了原作，就會浮現出情境。就這層意義來說，我想動畫作為補足這部小說的媒介，應該有發揮良好的效用。

——或許正因為原作的情境敘述少，動畫在畫面呈現上才有操作的空間；又或許原作本身給人的感覺就像動畫腳本一樣呢。

或許也是有那麼一回事，畢竟我原本想寫的是對話劇。一旦描述到狀況，分給對話的文章量就相對減少了（笑）。

——即使有對話的部分可以參照，關於狀況說明就必須仰賴動畫的演出，某方面來說等於是被賦予重任，動畫的製作班底應該也有難做的地方吧。

的確。動畫的龜井幹太導演就曾經傷透腦筋。在動畫第一季的#2尤其顯著，後半段就一直在倫也的房間講話而已。我想那一集是相當難為的。做動畫就算舞台有所侷限，或是背景種類少，還是需要細微的演出。

——《不起眼》通篇故事的舞台都相當受侷限呢。

大多數的劇情都是在倫也房間裡上演，遠多於學校。都沒有學校活動，即使演到校慶，還是理都不理地窩在房間。動畫裡充滿各種癖好的細節描述，某方面來講，或許也算因禍得福。啊～場景沒得切換，不然就給腿來個大特寫吧，像這種感覺（笑）。

深崎暮人的參與，成就絕妙的合作。

——請跟我們分享深崎暮人老師成為插畫負責人的緣由經過。

當時，敲定由深崎老師擔任插畫，在我跟責任編輯之間是一項滿大的消息。當我們煩惱要請誰畫插圖時，突然冒出了深崎老師的名字，原本以為這應該是強人所難，結果得到了ＯＫ的回應，我們都「啥！」

地叫了出來。之所以如此，是因為原本在插畫家的候補名單上，並沒有深崎老師的名字。對於要商請哪一位插畫家，責任編輯姑且也問過我的意願，但我沒有指名。假設要指名，應該也會有我請得動的對象和無法請動的對象的區別。而我本來以為深崎老師屬於後者。我想，他跟我是水準不太一樣的人士。

——彼此身為同一個業界的創作者，請問您從以前就有意識到深崎老師嗎？

某方面來說，他曾是棘手的勁敵呢。有深崎老師參與的遊戲就會大賣（笑）。這樣的畫作，價值比我的劇本高了幾倍嗎！我也曾懷有這種類似嫉妒的心結。深崎老師作為遊戲原畫家出道，我想是比我稍微晚一點，明明如此，在銷量上卻讓他一舉追過了。感覺他身為插畫家，已經登上業界的頂尖之譜，此等人物居然願意為我的小說接下差事……當時我是受到了這樣的震撼。

不過，深崎老師從當時就極有人氣，所以手上接了許許多多的工作。於是他一開口就告訴我：「這份工作我會配合，但從最初就會變成與死線的抗戰。」（笑）。實際上，開始合作以後，我寫好原稿隔一陣子後，插圖會一張一張地寄來。當第1集截稿在即時，前任責任編輯每次從深崎老師那裡收到插圖，就會聯絡我說：「剛才卷首插圖完成了！」、「只剩最後一張了！」很有臨場感，讓人情緒高漲呢。

——另一方面，據說深崎老師是丸戶老師遊戲的熱情粉絲，關於角色設計方面，他還表示有踏襲丸戶老師過去作品的角色來進行構思。

我出的遊戲啊，在狂熱分子之間比較受歡迎（笑），另外業界人也會接受。但輕度客群就無法接受了。所以說，深崎老師屬於核心玩家這件事應該是一個重點。好比詩羽的黑絲襪，我想我確實是有做過指示，不過他對我的癖好實在抓得很準（笑）。

——您跟深崎老師對各個角色，是以什麼樣的形式合

力塑造的？

因為深崎老師玩過我的遊戲，我想我跟深崎老師兩個人之間，一直都是靠「那麼，照某某角色跟某某角色來畫。」這樣的三言兩語取得溝通（笑）。當然我也有替角色寫設定，但是從出海之後，感覺就寫得滿粗略的。不過，詩羽跟英梨梨有明確的設定，在我所製作的遊戲中，按照人氣套路塑造出來的角色就是像她們這樣——學姊型角色與金髮角色。不過，這兩種套路又可以分成幾支體系，所以還要做一些撮合。在我的遊戲裡，這兩者屬於最有人氣的女主角與檯面下的女主角。深崎老師對這些都已經有所了解，因此我刻意不做進一步的說明。深崎老師確認時，也是一副「啊，就某某角色嘛。」的調調。進而再思考，換成他自己要如何畫那個角色，我想深崎老師都有憑個人的解讀下筆。

仰賴比自己更有能力讓作品大賣的人會比較輕鬆（笑），效果又顯著。作家將自己的欲求塞得越多，越容易有雜質，東西就賣不掉了（笑）。關於圖像這方面，我認為交給行家比較好。

——有別於女主角，倫也的造型是如何設計出來的呢？

我只有告訴深崎老師，倫也這個角色是個御宅族。不過當我看到完稿的造型時，有想過讓倫也這麼宅好嗎？又是西瓜頭又戴阿宅眼鏡，儘管造型就是這麼符合要求，原本我想深崎老師應該是抱著相當的自信畫出來的，結果後來似乎後悔了（笑）。感覺都得不到人氣。美少女遊戲的男主角倒不是什麼臭阿宅喔。雖然是有形象薄弱、外表類似倫也的遊戲男主角存在，性格說起來卻很普通。所以從這方面而言，倫也這個角色十分強烈，以美少女遊戲的男主角來說，會排到比較低的位階去。可是沒想到，他拿掉眼鏡居然會帥成那樣。深崎老師曾在《不起眼》的活動上畫過沒戴眼鏡的倫也，有些人看了那張圖就說：先不管英梨梨或詩羽，惠會喜歡上倫也，應該也是因為他長得帥吧（笑）。

兼任動畫的系列構成及腳本，親自對作品扛起責任的覺悟。

——請跟我們分享您在動畫中擔任系列構成及腳本的緣由經過。

這要託Aniplex的製作人柏田真一郎先生之福。另外，或許深崎老師也有授意。有很大原因是因為，雖然內容當時還在製作，但我在《不起眼》之前已經以動畫腳本家出道了。那次多少有做出成績，因此有人委託，我就會接案。不過說真的，為什麼案子會發給我呢？（笑）

——您本身也有意願試著為《不起眼》的動畫寫腳本嗎？

由自己來做，即使失敗了也是自己的錯，我曾經這麼想過。即使失敗也要讓自己能夠接受，因為無關於己的環節而讓自己的作品遭人貶低，還是很痛苦。與其如此，還不如由自己來貶低自己的作品。不過，這部分的想法，我有寫在BigGangan Comics的《戀愛節拍器》裡（笑）。

——這是宣傳嗎（笑）！

雖然也有宣傳的用意，但這是事實。那部作品所描繪的情節，絕大部分都出自我口中。

——寫動畫的腳本果真與遊戲劇本或輕小說不一樣嗎？

不一樣呢。比如演出指示的部分就不能胡亂發揮特色。交第一季#1的腳本時，龜井導演似乎有過「真的要這樣做嗎？」的疑問。只是呢，過去我在其他現場用這種方式也ＯＫ。寫動畫腳本時，要在台詞發揮個人色彩是無妨，但演出指示的部分若不跟導演好好搭配或許就不行了。所以起初跟導演協調曾費了點苦心。演到動畫第二季「♭」，導演就沒有任何意見了。因為在第一季也要對其他成員表達我的用意才行，應該是需要加深彼此的理解。由於導演在第二季有自己畫分鏡，我想那當中也有「就照這套方式操作吧」的意思在。

——透過製作動畫，想必讓您留下了許多印象深刻的回憶吧。

於活動中發表製作時的熱烈迴響，無論在第一季或第二季時都是感人的一幕。記得在發表第二季的時候，飾演英梨梨的大西沙織小姐跟往常一樣地大聲哭了出來（笑），連飾演詩羽的茅野愛衣小姐也有些含淚。總之，能直接感受到粉絲的熱烈迴響，我覺得非常欣慰。另外，談這個會有點俗氣，不過第一季BD&藍光光碟的銷量出來時也很印象深刻。因為我有事先得知出貨的數量，覺得賣得不少，然而聽到銷售套數，卻是比我想像中還要「咦？」的數字。責任編輯應該立刻看出了我的反應。「這只有統計到Aniplex＋銷售的部分喔，所以到第二週就會大幅增長了，請放心！」當時他這樣告訴我（笑）。於是，數字到第二週真的就有所成長，之後銷量似乎也一直都有長進。另外讓我印象深刻的，應該就是#0播出時，觀眾困惑的模樣吧。

——您是說……困惑嗎（笑）？

一言以蔽之，就是「看不懂！」。那當然，因為沒有任何說明嘛（笑）。雖然我跟動畫製作陣容討論過，一開頭就播這種毫無說明的故事情節真的行嗎？但當時網路上的感想一如所料，感覺吵得很厲害。反觀#3的熱烈迴響就是我想都沒想到的反應。第二季的話，我想就是#8和#9之間的落差吧。惠的人氣在#8一舉攀升，後來#9播出後整整一星期都鬧得很凶。從天堂掉到地獄呢，很煎熬的一個星期。難受的情節演完後，大家都不知道接下來會怎麼發展，一直處於難受的心境，說到那段期間發表出來的感想鬧得多厲害，真的是讓我怕了。不過與其都看不到感

想，既然鬧得起來，表示話題性就是那麼高吧。

——這年頭的動畫製作班底也需要在那方面的精神抗壓性呢……

畢竟觀眾的反應都會即時出現。換成以前，要知道影迷的想法只能等下個月的動畫情報誌上架呢（笑）。讀了讀者來函的單元，才會發現大家果然也有相同觀感！在當年要交流就是這樣。不過，關於動畫製作的二三事，希望大家可以讀《戀愛節拍器》來了解！哎呀，又是宣傳（笑）。

惠的恩愛戲碼，是在散步時一舉下筆寫下的！

——請跟我們分享您在寫完《不起眼》第十三集時的心情。

剛寫完第十三集時，還有合售的特典小說及其他項目要忙，根本沒有完結的感覺呢。結果到現在，也還有劇場版的製作工程，因此狀況仍然一樣。根本還沒有結束，因此在我心裡並沒有對《不起眼》的失落感。不過當然有成就感。

——請跟我們談談本書《Memorial》的加筆情節。

也是因為有來自責任編輯的要求，這篇故事的性質相當於前傳。三年前，倫也參加入學考的時候，還有三年後，十三集結束後不久——在故事裡有這兩段時間點。想必也會有人吐槽：豐之崎學園明明是高水準的私立學校，虧倫也考得進去，所以這些環節也包含在裡面。還有英梨梨看起來不太會讀書，其實呢……由於故事收錄在這本書裡，剩下的請各位實際閱讀。

——關於加藤惠，她會這麼有人氣的原因是什麼呢？

這大概不是靠我自己的能力，動畫製作成員們的理念跟觀眾合拍才是最大的因素。原作也是安排惠在最後成為第一女主角，起初就是這麼構想的。雖然在過程中，也有「丸戶想將詩羽學姊寫成第一女主角才對」或者「不，是英梨梨」這種表示自己才懂丸戶的聲音散見於各處，話雖如此，畢竟我是商業作家（笑）。我想嚴守作品理念，創作出中規中矩的故事，因此由詩羽或英梨梨成為主秀這種事在一條劇情通到底的小說裡，實際上是不會發生的。

我自己也明白惠是第一女主角，不過在第三或第四集得以舉辦簽名會時，即使直接從書迷口中問及感想，當時惠的人氣仍不太有起色呢。我確實是想用慢一點的步調，沒想到會低迷成這樣。照規畫是要讓惠在第七集拿下人氣寶座，然而一直到四五六集都還是詩羽和英梨梨占上風。只有推出原作，當我認為「唉，不行了，憑我自己的能力沒辦法讓惠拿第一」的時候，動畫隨即開播，惠的人氣在#3一舉衝了上來。由於我感受到的是這樣，所以動畫及各界人士替惠添增的魅力，我想才是讓她人氣攀升至此的主因。接著從原作第八集以後，就有反映出動畫造成的效應。彷彿是動畫培育出的惠於原作活躍。有種原本屬於一．五線或二線的選手在租借給其他隊伍後，回來脫胎換骨，變成超強好手的感覺（笑）。

——談到人氣，如今惠變成獨霸了呢。

從當時實在無法想像。只推出原作時的人氣排名，依序是詩羽、英梨梨，然後隔一小段才有惠的位子。製作動畫前，工作團隊有向我確認過：可以將惠視為這部作品的第一女主角吧？對此，我是回答「對，沒有錯。」。雖然我有提到目前還沒讓她走到那一步，不過藉著那句答覆，動畫談妥並在那樣的理念下進行製作，我想動畫版就是因此成功的。

——以女主角來說，惠這個角色很難形容呢。您認為從角色的符號性，例如髮型或者服裝有辦法加以說明嗎？

假設用那套符號性來創作角色，要談到能不能跟

惠一樣紅，我是完全沒有自信。

——會不會是因為她在故事中逐漸被塑造出來的特色，比符號性更為強烈呢？

是啊。雖然惠從第二部開始展現出麻煩的特質與她的城府，不過那其實也是有玄機的。她那是「只針對主角」的麻煩性格與城府喔。惠這道門檻之高，是專為主角設的。主角非要努力才可以。然而，就算不努力，還把她晾在一邊，惠也不會跑掉或變成其他男角色的女人喔。從這方面來說，她是個很方便的女主角。

——那麼，請問您最喜歡哪個角色？

嗯，一如以往聲明過的，我喜歡美智留。想●●就找小美啦（笑）。不過來到這一步，我對惠也是滿有感情。

——假如要找作品中的角色成為情人、妹妹（或姊姊）、妻子，您分別會怎麼選呢？

到頭來，《不起眼》是我將自己投射在倫也身上所寫出的作品，因此我本身跟角色之間的關係，我想也會接近於倫也跟女主角們的關係。我自己果然就等於倫也。

——您印象最深的是哪一集或哪一段情節呢？

對惠感情加深，或者想法有所轉變，而寫出第七集和第十一集的時候吧。第七集後半是我在網咖從早待到晚，花四天寫出來的……截稿日很趕也是原因就是了。第七集後半在這部作品中是屬於格外關鍵的部分，但其實寫這一段的期間最短。從當時情緒高昂的感覺來想，我認為那是自己寫《不起眼》最為全力以赴的時候了。

第十一集後半有惠的恩愛戲碼，當時那些情節是我一邊散步一邊寫出來的。常聽人說走路時或洗澡放空心思時最容易有靈感浮現，還真的一點都沒錯。當我散步時，就冒出了許多恩愛戲碼的點子。然後，我急忙趕到便利商店買了原子筆和記事簿，可是人一停下來，思緒也跟著止步了。所以我又開始走路，其實我走路是在晚上喔。明明周圍一片黑漆漆的，卻有人一邊寫筆記一邊散步……超詭異的（笑）。行為詭異，還被人說這樣不會被車撞嗎？何況這是夏天發生的事，我還流得滿身大汗（笑）。不過一直持續那樣走，記事簿就寫滿了點子。將那寫成文章後，得到的評價非常好喔。

——請跟我們分享，您往後是不是還有什麼想寫的情節？

與其說我想看、想讀某種情節，我認為只有讀者們才會打從心裡冒出這種念頭。因為我是負責提供的那一方。

想跟有才華的朋友一邊切磋，一邊磨練寫作技巧。

——請您對想成為作家的讀者給予建議。

被問到這一類問題時，以前我會回答要先鞏固生活基礎，不覺得日子過得苦就能動筆。如果要談得認真一點，我認為在接觸各種事物時，都要隨時思考。換成自己會如何仿效？雖然也有人會誤解仿效這檔事而變成文抄公，不過簡單來講，就是思索要如何在原著添增本身的特色，還有自己想藉此引發何種效應。先思考過這些事情，一旦打算主動創作什麼時，就能當成自己的壓箱寶運用。

雖然這些話已經老掉牙了，不過當今的世上根本沒有所謂的「原創作品」。既然如此，隨時將已經存在的作品註記在心裡，事先思考換成自己會如何表達，我想也是一種好的做法。進而更重要的是，要先保有羞恥心。假如真的照抄就丟死人了，那麼要如

何改編才能免於丟人呢？來思考這部分的細節吧。接著，是請時時懷有搏人喜愛的想法。寫得不錯的作品要請人讀讀看——跟這種耳熟能詳的說法是同一個道理。因為自己覺得好玩的內容，別人未必也覺得好玩。雖然偶爾也會有天才一次到位，不過單靠才華就是在賭運氣了。為了讓運氣要素少一點，請抱著任何時候都要搏人喜愛的想法，在某方面來講就是要懷有跟藝人一樣的骨氣。

我是經歷過社會人時期才走入這個業界的，然而，從大學時期一直到進社會初期，我想我根本沒有寫遊戲劇本或輕小說的才華。會鍛鍊出這種才華，是我從網路或其他地方，透過粉絲活動跟大眾接觸，在過程中開始意識到談吐要有哏，這樣一來，對方也會跟著玩哏，然後一起建立有意思的交流團體。有這種經驗，我才得以寫出各種不同的作品問世。如此來看，我認為有才華的朋友也是彌足珍貴。要跟比自己聰明或者有才華的人交朋友，並且期許自己比他們爬得更高，在人際關係方面最好也要有進取心。

——與他人互相玩哏，感覺偶爾也會引來批評呢。

是啊。考慮到那點，交一些不會太麻煩的朋友比較好（笑）。有一群成熟、頭腦靈光、才華過人的朋友多棒啊。多虧身邊有一群語感敏銳的人在，才造就了現在的我。我想我到現在還是比不上他們。

——在社會上，也有人對任何事都先從否定觀點切入吧。

不可以跟那種人交朋友（笑）。寫文章的技法可以之後再來適應。即使文法明顯讓人覺得有毛病，有趣的作品還是會賣。

——最近有「成為小說家吧」或「カクヨム」之類的創作平台，寫小說發表的門檻變得比以前低了呢。

在那一類平台寫作品而受歡迎的人，我覺得就像先前提過的那樣，能將自己與他人覺得有趣的點一次寫到位，是屬於天才型的人。跟我的路線完全不同，他們是盡情寫自己喜歡的內容來搏得人氣。我想我絕對贏不過那樣的人，然而那一型的人還是只有一小部分。至於那群人為什麼會出現呢？因為有「成為小說家吧」或「カクヨム」等平台，提供了將分母變大的環境。既然有那麼多人以小說家為目標，自然會有幾名天才從中出現。

——有群人目前仍在那樣的環境寫自己想寫的故事。另一方面，似乎也有人看準了時下流行的類別，正嘗試以那樣的題材寫作。

後面那一型的人，感覺跟我的想法比較接近。大概是有一定的自知之明，覺得自己不可能贏過天才。不過我認為，對自己有所了解也很重要。

——最後想請您對《不起眼》的書迷們說句話。

感謝各位願意奉陪到最後一集，還讓我躲過了最後一集可能引發的戰端（笑）。我努力將故事寫完了，途中既沒有失去動力，也沒有變得寫不出來，結局能順利有著落，我自己也鬆了口氣。誠摯感謝各位，讓我和諧愉快地度過了這五年。

——最後還有一件事。關於劇場版，想請您在可以談的範圍內稍做透露。

基本上，劇情會演到完結。只是♭跟原作的情節不一樣，因此我目前正在寫腳本，但非常難下筆。我正在苦思要如何讓劇情兜得上。還有，這一點我可以先明確講清楚，並不是總集篇喔！敬請期待！

——劇場版真的很令人期待。感謝您今天接受我們的採訪。

深崎暮人 INTERVIEW

Kurehito Misaki
(Illustrator)

《不起眼》誕生祕辛，跟丸戸老師合作而感受到命運。

——請跟我們分享您擔任《不起眼女主角培育法》插畫的緣由經過，還有讀完第一集時的感想。

首先，我之所以能接到這個插畫的案子是過去的責任編輯促成的。2012年在角川公司的新年會上跟對方見面時，我喝得醉醺醺的（笑），我想就是那時候脫口說出了「拜託給我工作嘛～」之類的話。還有，當時我正好玩了由丸戸老師撰寫劇本的《WHITE ALBUM 2》，因此也聊到了那款遊戲很有趣的感想。於是差不多隔了兩天，Fantasia文庫突然捎來聯絡，問我要不要與丸戸老師共事。我在新年會講過的話，對方似乎都有聽進去。所以我跟《不起眼》接上線了。當時多虧《WHITE ALBUM 2》的影響，我相當有熱忱。輕小說的案子對那個時期的我也算睽違已久，因此我直接答應了。

——那麼，您在接到工作聯絡時……

既然可以跟丸戶老師搭檔，我做我做！當時大概是這種調調（笑）。我記得自己那時候連故事大綱都沒有讀過，是在頭一次碰面時才聽到他說明是怎麼樣的故事。至於第一集的感想，從丸戶老師那裡聽到的讀者回應是「很難分辨誰講了哪句台詞」（笑），但我本來就有將內容轉換到腦內，再由角色唸給我聽的習慣，所以不會介意是誰講了哪句台詞。而且我也玩過丸戶老師在《WHITE ALBUM 2》以前的遊戲，角色間的互動方式獨特，一讀就可以認出是丸戶老師的文章。所以我讀起來是覺得毫不費力又有趣，但我想大概還是褒貶參半。從讀者的立場，應該也有人希望每一集故事都能以獨立完結為前提，在那樣的讀者看來想必會覺得有點不過癮。我是抱著故事仍有後續的心態在讀，因此對角色往後會有什麼動向的期待度比較高。

——的確，在第一集連「blessing software」都還沒有成立呢……

甚至連遊戲都沒有做啊（笑）。有很多感想都表示，這一集光介紹登場人物就結束了。

——您跟丸戶老師頭一次見面，就是因為《不起眼》嗎？

是啊，討論工作時是第一次碰面。雖然說，感覺我們都知道彼此的存在。

——畢竟兩位是在同一塊領域活躍。

話雖如此，我頂多只擔任過二點五款遊戲作品的原畫，坦白講資歷尚淺。能靠稀少的作品讓人知道我是遊戲原畫家，固然是一件榮幸的事，不過，我想當初在《不起眼》的插畫候補名單上沒有我的名字。所以，談成這份工作時讓我感受到了命運。

研究偶像並預判流行趨勢的角色設計。

——請跟我們分享您對各角色的設計理念及特別留心的部分。

接到替輕小說畫插圖的委託，我最先想到的是跨媒體改編的事情……雖然沒有憑據，但我覺得這樣的陣容應該離成功不遠。

——從最初就想到那一點，實在不容易呢（笑）。

不，不僅是《不起眼》，我對每部作品都會將這樣的想法擺在腦海一隅。為角色設計造型，以利在改編成漫畫或動畫時方便讓他們動起來，或者方便從外型做分辨，是我從擔任遊戲原畫時就有意識到的事。《不起眼》的角色們也一樣，我自己曾認為這是好畫的造型，不過好像還是有毛病在裡頭……比如制服的款式，我有想到圖樣太複雜，在動畫之類的媒體應該不好活動，就盡量將要素剔除掉再來畫。象徵出那種單純的就是加藤惠。

剔除角色的各種符號性後，到頭來，我自認仍有幫惠設計出可愛的造型。即使號稱「不起眼」，不可愛就賣不出去了嘛。另外，她是排在英梨梨及詩羽之後畫的，所以還要注意不能跟其他角色造型重複。活脫脫是用「消去法」畫出來的女主角。還有，我讓惠留了站在五個女主角中間，也會讓人覺得亮眼的髮型。惠之所以留鮑伯頭，是我當時想研究在成群女生中什麼樣的女生最顯眼，仔細對偶像做了觀察。於是我發現，跟長頭髮或染髮的女生相比，我個人比較容易將目光停在鮑伯頭的女生身上。我想自己也有參考到那一點，才畫出了惠。

——在輕小說等載體上，以往都是長髮女主角居多，人氣也容易集中於那樣的角色身上，最近除了惠以外，還有《Re:從零開始的異世界生活》的雷姆，或者「Fate/Grand Order」的瑪修，感覺留短髮也受歡

迎的女主角變多了呢。

從那方面來看，感覺我是預判到了流行的趨勢。我也喜歡看綜藝節目及電影，尋求靈感不只是從二次元，也會從現實中取材。提到髮型，黑長髮的女主角不也符合正統派形象嗎？因此我也把黑長髮的惠留在腦海一隅，還在滿早的階段主動向丸戶老師提及，將來是否要讓惠成長為黑長髮的想法。

——髮型會改變的女主角實在不多呢。

有的女主角是會斷然將頭髮剪掉，但我不太喜歡。反而覺得留長大概比較有意思。還有，如果能變回原本的髮型，剪掉應該也是可以接受的。我有想過日常系的輕小說，假如在外觀上都沒有變化，不會讓讀者厭倦嗎？因此，我自己也設想過各式各樣的機制。

對於英梨梨跟詩羽，丸戶老師有明確地做出「金髮」或「黑髮」的指示，因此大致上就是依循他的意見。英梨梨的話，在丸戶老師擔任劇本的遊戲中，曾出現過知名的金髮雙馬尾腳色，所以我一邊意識著那位角色，一邊注意不跟歷代金髮雙馬尾角色的造型重複，結果成了留雙馬尾的公主頭。

——對詩羽的黑絲襪也有指定嗎？

有沒有指定這一點倒是尚無定論，不過丸戶老師對黑絲的喜愛，在業界是眾人所知的……我想他在各種訪談中也都提過。與此匹配的角色正是詩羽。她的造型也有致敬丸戶老師過去的作品，我的感覺是幸好有玩舊作。題外話，詩羽的白色髮箍是我的偏好。這是因為以往有款叫《下級生》的作品，當中的女主角就戴了白色髮箍。那在我心裡是第一次玩的美少女遊戲，至今仍是我喜歡的要素，所以想把髮箍添上去……除了丸戶老師的喜好之外，還加進深崎喜好的角色就此出爐了。

——關於出海呢？

到了出海登場的第三集時，我已經變得忙不過來……因此她是拚快畫成的角色。其實從第三集之後的角色，都是臨陣下筆畫成的，所以沒有設定圖……我記得在那時候，自己很迷《美少女戰士》。雖然以前就看過了，但我想到重新看一次不曉得會如何。然後受其影響就畫了包包頭。另外，在名叫《青澀寶貝》的遊戲裡也有這種髮型的角色，出海就是從兩者的形象中催生出來的。

——不過出海也在途中換了髮型呢……

在第七集結尾換掉了呢。那是因為上了高中還留原本的髮型應該很瞎，還有我也希望出海人氣能再高一點，就改成綁髮辮了。因為有髮辮看起來比較成熟。

至於美智留，是因為我想到都沒有剪短髮的角色，還有單純剪短的話，大概會埋沒在其他作品的角色當中，所以試著幫她燙捲了。在當時應該算罕見。另外，我對男孩子氣的角色沒有什麼偏好，應該說，我不太想畫太短的髮型。捲髮也是這種抗拒心理的表徵。進一步讓她把鬢髮留長後，大致上造型就定下來了。坦白講，當時我自己心裡感覺是沒有畫得很好，不過後來就變成中意的造型。至於髮色則是跟倫也同一色系，因為在設定中是表親。

倫也的話，因為這部作品是以美少女遊戲為主題的輕小說，我是從美少女遊戲常見，用瀏海遮住表情的造型開始畫起。還有，因為是御宅族，我不加思索地打算讓他戴眼鏡，不過……評價很糟。演到第七集左右，即使動畫已經開播了，在讀者的感想裡依舊不受歡迎。感覺是被嫌棄的主角呢。所以，我才想改善一下他的形象。在第七集拿掉眼鏡那一段，是我要負責任。最近我在動畫相關的活動上畫了拿掉眼鏡的倫也，評價相當不錯。單從外表而論，我個人還是覺得要拿掉眼鏡才對。

——不過，從倫也在作中給人的印象似乎就是會戴眼鏡，而且故事裡也安排了跟眼鏡相關的情節呢。

以結果來說，像詩羽的髮箍那樣，倫也的眼鏡成了加深印象的道具，我覺得是件好事。因為我也有戴眼鏡，自己的眼鏡可以當成作畫材料，而且應該也算好畫。這麼說來，之前的Fantasia文庫感謝祭上有展示過眼鏡，其實那副眼鏡是我的。

——這是初次談及的新事實呢（笑）。提到男角色，還有另外一位伊織在，請問他又是如何呢？

伊織是跟出海一起構思的，所以髮色有相互配合。略紅的褐髮，後來逐漸偏向更紅的色調，我想大概是我被動畫牽著走的緣故。總之就是畫得帥，以期跟倫也有所差異，照這套思路就自然畫成那樣了。

——所以並沒有什麼參考的範本嗎？

沒有耶。只不過，伊織穿的衣服是參考我有的衣服來畫。其他角色嘛……町田小姐是從幹練編輯的形象拚快畫成的。紅坂朱音讓我思考了滿久。詩羽所寫的《戀愛節拍器》裡面，有個叫沙由佳的角色，想將她們畫得很像是我的設計理念，髮型則承自沙由佳。原本沙由佳這個角色就是以詩羽為範本，所以我希望替詩羽和朱音在某部分營造給人相通的印象，感覺畫成了跟詩羽有相似之處的造型。另外，瀏海修齊是來自《Z鋼彈》哈曼．坎恩的形象。

畫風會再次進化，要歸功於動畫逆流回來的形象。

——請跟我們分享您在動畫中印象深刻的回憶。

聽聞要改編動畫已經很讓人慶幸，銷量還好到能出第二季更慶幸。原作的第七集是在動畫開播的同一時期上市，以感覺來說，第七集也是讓我相當有感情的一集。我會希望無論如何都要看動畫演到那裡。只是銷量不佳就無法做第二季，因此在我能力所及的範圍內，比方說特典插畫或光碟包裝圖，我都付出了相

當多的努力。話雖如此，賣得好當然不是單靠特典的力量，我認為多虧有動畫的製作班底及製作人、責任編輯和各界人士，才讓第二季得以實現。《不起眼》並非只靠丸戸老師與我，而是由大家一起製作的作品，這樣的印象至今仍深留我心，因此能一路出到劇場版，真的是令人高興而印象深刻的事情。

——據說深崎老師您在動畫第一季的時候，看見#1有英梨梨用雙馬尾賞耳光的橋段，就篤定動畫會成功了呢。

　當初動畫情報發布時，書迷曾表示過動畫人設與深崎的圖有差別的意見。但我認為自己的圖不能直接在動畫中動起來，決定只要是自己看了覺得可愛的設計就不會抱怨。我請動畫的角色設定高瀨智章先生琢磨造型過好幾次，然後篤定觀眾只要看到動起來的樣子，評價絕對會改變的是在英梨梨用雙馬尾賞耳光的那個橋段。而且受到動畫影響，我想我的畫風差不多從第八集也跟著改變了。多虧動畫，我才能畫出以往無法畫的表情及角度，因此我真的心懷感激。

　即使說動畫跟原作的圖不一樣，畢竟各自的情報量不同，如果兩者都能喜歡，我會覺得很慶幸。動畫歸動畫，我的圖歸我的圖。因為我對動畫的龜井導演以及高瀨先生都懷有敬意。

　其中也有書迷表示比較喜歡以前的畫風，希望我改回來，我覺得那也是很寶貴的意見，不過在現今的插畫家業界，畫風的趨勢日新月異。尤其是去年（２０１７年）夏天後，我體會到世代一口氣改變了。我的圖在現階段感覺好像也變得有點老氣。我會希望保持自己的畫風，卻也覺得上色方式不跟著改變不行。

——您有受動畫影響的經驗嗎？

　我有出現過將動畫演出逆向引進原作的念頭。像原作第八集以後的扉頁插圖就是按我的意思來畫。具體來說，像第八集的２０５頁，這張插圖就是致敬動畫第一季#３中，倫也跟惠面對面的橋段畫成的。第九集的蘿莉英梨梨，印象中也是直接參考動畫或改編漫畫版畫出來的才對。第十三集結尾的插圖也是。原本丸戸老師是在文章中寫了「完結」的文字，因此我提議學動畫用手寫的字樣會不會比較有意思，得到了允許後才改由我用手寫的字樣。並且，我還加了點玩味的味道，將插圖畫得像是惠在朝我們這邊講話，我覺得這樣也不錯。我個人喜歡動畫版的「完結」演出，所以希望原作也能像這樣收尾。對我來說動畫也是原作。

惠最受歡迎是踏實努力換來的結果。

——請跟我們分享您讀了《不起眼女主角培育法》第十三集的感想。

我只能用一句「落寞」來形容。不過，在動畫第二季結束的時間點左右，將故事收在第十三集＋外傳的集數，我認為以戀愛喜劇來說應該是恰到好處。畢竟拖得太長感覺不好，責任編輯也有拜託過我們要想好結局。雖然落寞，但我很慶幸故事能收得漂亮。儘管結局寫得很王道，能將王道寫出王道架勢的作家很珍貴。從這一點來說，我覺得丸戸老師是位懂得將故事確實收尾的作家。那部分我對他寄予信賴，沒有出任何的意見。

——請跟我們談談第十三集的插圖。

關於第十三集的插圖，我從很早以前就對丸戸老師提過，要畫出跟第一集的對比。封面則是用惠來跟第一集的英梨梨呼應。當中的卷首插圖也是對比呢。天色從藍天變成了傍晚。因為我一直都在想最後要畫成這樣，所幸能照我設想的完成……雖然作畫期程很吃緊（笑）。彩圖的部分，希望能跟第一集排在一起看看。若是能從中看出自己畫風的變化或者成長了多少，我想會滿有意思的。

——聽說您無論如何都想將英梨梨的插圖加進去。

英梨梨哭的場景和詩羽哭的場景，由於頁數接近，圖面呈現也會很相似，因此是有討論到排版分配不均，而打算將英梨梨刪掉的看法。不過，那是她們做出了斷的場景，來到最後我希望兩邊都能畫出來。因為有這段經過，我想英梨梨跟詩羽的插圖是有形成對比。另外，從第七集後我常用的手法是盡量少用網點、也不畫背景，塗黑的部分則用斜線來表現……大概可以稱為「不塗黑手法」吧。尤其是在GS的194～195頁，英梨梨跟詩羽那張插圖中，這種手法能讓左側的留白造成強烈餘韻。起初我曾擔心什麼都不畫可以嗎？不知道能不能被採納。但是在這之後我變得可以挑選重要場面，也能用這種手法畫插圖了。不過，這種手法原本是在缺乏時間的情況下誕生的畫法，本來其實只要塗黑就好的部分，全都是用斜線來表現，因此反而變得要多花工夫又費時……還有以前存在於Fantasia文庫的框線，我到現在也會使用。儘管圖會變小，卻能拓展表現的空間，我希望往後也能繼續用這種手法。

——關於加藤惠，您覺得她能這麼有人氣的原因是什麼呢？

我想，以前在接受《Dragon Magazine》取材時也有談過，為了讓惠有人氣，我從初期就在背後不停幫她安排。第一集上封面的是英梨梨，不過當初還曾經談過要將惠放在書腰。雖然那到最後成了廢案，但幸虧如此，我想加藤惠這個角色也勾起了讀者的興趣。「不起眼」這個關鍵詞固然也是原因，我認為供人吐槽的要素更是必須。於是形成了「第一集封面上並不是第一女主角」這種有點奇特的形式，到第七集才終於讓她登上封面。那是因為從當初就有提到，希望能在故事進入類似分節點的時候，讓惠出來露面，而時機就在第七集。至於動畫那邊，惠則是小小地被畫在主視覺圖像，發表配音陣容時，也出現得比英梨梨及詩羽晚，感覺雖然很可憐，但這並不是冷落她，只是珍惜地保留起來而已。以這種形式做了許多會勾起興趣的安排後，感覺她的人氣就在動畫中一炮而紅了。

——相信是有之後登場的女主角比較受歡迎的案例存在，不過，將一開始就在的女主角放到後面才捧成人氣第一，感覺非常厲害。

動畫跟原作有各式各樣的安排互相配合啊。原作第七集以後，構圖就變成以惠為中心。動畫宣傳及商品推銷的部分，播映前也就罷了，第一季#3播出後，我向製作人員表達過，希望不要再把惠趕到邊邊去。我記得自己還洋洋灑灑地寫了一封相當於「加藤惠使用說明書」的長信，寄給製作人員。我想就是大家在檯面下做的這些努力，換來了成果。

另外，在改編動畫一事敲定前，製作人柏田真一郎先生、我、丸戶老師與責任編輯曾經見過面。當時柏田先生問過：「這部作品的強項在哪裡？」用來販賣作品的「強項」不明確，要改編作品就有困難……我想我們是談到了這一點。雖然沒有當場做出明確的答覆，日後柏田先生卻得出了「這部作品的強項是加藤惠」的解答，我記得行銷就是如此展開的。那時候原作只出到第四集左右，惠根本還沒有變成主打。然後，實際上用他的著眼點當強項行銷以後，不只是惠，整部作品都有了人氣，所以來自製作人的助力或許也是一大要因。

——請跟我們分享您最喜歡的角色。

關於這一點，我在之前的訪談中也被問過好幾次，答案會因時期而異。在故事完結的時間點，我心目中的第一名是……不能說耶。說出來的話，或許會被動畫的配音班底當成消遣的話題（笑）。我喜歡英梨梨媽媽（小百合）的時期相當長，可是因為丸戶老師不常寫到這位媽媽的關係，這份感情也油盡燈枯了。以現況而言，先不管是不是最喜歡的角色，我會希望能為英梨梨多做些什麼。

——假如要找作品中的角色成為情人、妹妹（或姊姊）、妻子，您分別會怎麼選呢？

這個問題也會跟最喜歡的角色是誰有關聯，不過我已經是用父母的觀點來看待這部作品的角色了耶。角色們分別就像是我的女兒、兒子……這麼一來，對家人果真無法排順序，也無法當成情人或妹妹看待呢。

眾人支持作品的力量，讓《不起眼》得以成長。

——請問在以往為《不起眼女主角培育法》繪製的插圖中，您印象最深的插圖是哪一張呢？

是剛才提到的「不塗黑手法」定下來以後，原作第七集的１３３頁，惠忍著不哭的那張插圖。作品讀到一半，有沒有體驗過呼吸停住，或者說為之屏息的瞬間呢？我是有要求自己，希望在讀了以後有那種反應的部分放插圖。而在讀第七集的時候，正是發生於將近１３３頁之處。配合呼吸放這樣的插圖進去，不知道會有什麼效果。如此心想的我，覺得那成了搭配良好的一張圖。

ＧＳ的１９４～１９５頁插圖也是，同樣屬於幾乎令我窒息的一幕。無論是催淚或有趣的場景，我想任何人都有體驗過，本身閱讀的情緒達到最高潮而為之窒息的瞬間。我會開始意識到那個部分並繪製插圖，就是第七集促成的。編輯固然會向我指定插圖，但我並不是只聽從指示，而是會經過討論再一起動工。從這方面來說，《不起眼》是能讓我隨心所欲發揮的作品，相當可貴。雖然每個人各依職掌，將本身的工作做到最好也是一種合作形式，但我會希望更進一步向作品靠攏。尤其《不起眼》是我放了很多感情的作品，假如自己的提議能改變些什麼，就該積極參與才對，我是抱著這種想法在從事工作。

——有些部分丸戶老師也會加以指定呢。

對於無論如何都希望放插圖的地方，他會加一句說明，因此我會遵照指示來畫。因此在這部作品中，感覺都不靠文章來說明，而是用插圖來說明的場景就這麼出現了。從第二集的239頁，智慧型手機畫面那張插圖開始就有了這樣的表達形式。既然是輕小說，我覺得有這種形式也無妨。多虧這部作品，我似乎在心中找到了「插圖的正確定位」。

——要創造這樣的作品，非得由作家、插畫師在內的所有人同心協力才做得出來呢。

是啊。即使我這邊對插圖有所提議，要核對頁數的仍然是編輯。即使想在這一頁放插圖，要調整也不是那麼容易，而我就是對此有充分的理解才提議的。像第十三集裡惠跟倫也的跨頁插圖真的就是靠編輯鼎力相助。

——將這張插圖以跨頁形式放進去之際，我們曾向丸戶老師協調過文章要怎麼調整。

這年頭似乎也有人會說：不需要編輯了吧？可沒有那種事。沒有編輯就頭痛了。希望讀這段訪談的讀者們也能了解，這不是光靠我跟丸戶老師做出來的作品。從作中來比喻，就是倫也的定位在哪裡？或許也有讀者會認為他根本什麼都不會。但並非如此，他的角色撐起了作品基礎，感覺從這方面而言，他果真也是一名創作者。用動畫來比喻，就是有製作人帶起的團隊才會有動畫。我認為幕後功臣也是將作品做好的靈魂人物。

——請問有讓您吃了苦頭的插圖嗎？

第一、第二集讓我吃過苦頭。這時候還不習慣用網點之類的，因此現在重看會想要稍做修改。當時我還想過，要比以前繪製的輕小說插圖多用塗黑技法，有許多部分還在摸索，大概算空有幹勁而讓自己忙得團團轉的狀態。第二集以後就穩定許多，到第七集後熟練起來乃至現今。大致上是這樣。

——請跟我們分享往後是不是還有什麼想畫的插圖？

雖然當這本書推出時，活動已經召開了，這次我得到了舉辦《不起眼》插畫展示會的機會。然後，目前在收錄這段採訪的時間點，活動仍處於商討前的階段，因此實際會如何還說不準，但我想嘗試以「旅行」為主題，替展示會畫一套角色們的插圖。體裁是角色們出外旅行，希望到最後能跟劇場版的宣傳接在一起。我打算照那種感覺，跳脫作品的時間軸，試著去描繪獨自啟程的角色。倒不如說，往後的插圖應該會逐漸朝那個方向走。

——請您對想成為插畫家的讀者給予建議。

插畫家嘛……是很累人的行業。會遭到痛罵，運動不足也容易搞壞健康。不過辛苦歸辛苦，這仍是有夢想的行業。說起來，我原本也是在玩丸戶老師的遊戲，屬於跟粉絲同一邊的人，如今卻得以跟他一起製作作品，共事到作品完結。所以讀了《不起眼》而開始畫圖或開始寫作的讀者，只要持續耕耘，也許將來會跟我或丸戶老師一起工作呢。從那方面來說，這是個有夢想的行業，我想《不起眼》所體現的正是那一點。在作品中，倫也同樣是從詩羽的粉絲做起，也把英梨梨視為創作者而懷有敬意。我想那些情節未必全是空想。

——關於劇場版，想請您在可以談的範圍內稍做透露。

坦白講，劇場版並非ＴＶ系列的總集篇，會是新作。儘管有片長因素要考量，但我相信丸戶老師會巧妙地統整給大家看。原作文庫雖已完結，不過跨媒體作品也能走到終點真是萬幸。希望各位粉絲也不要太消沉，我希望大家能繼續予以支持。呃，這項資訊大概還沒有公開，假如能通過審核刊載出來，就算我走運嘍。

——最後想請您對《不起眼》的書迷們說句話。

這是部色彩強烈的作品，如果多少能對讀者們的人生造成影響就太好了。故事能順利完結，都是託各位粉絲之福，因此我心中只有感謝。而且，相關作品還會有一小段發展，我會一邊意識著將要來到的真正「完結」，一邊繼續畫不起眼的角色們，因此往後還請多多指教。

——感謝您今天接受我們的採訪。

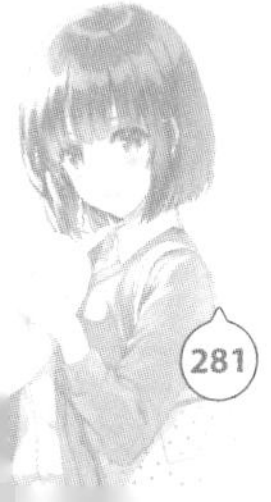

Chapter 04

特別短篇

Special Novel

LOVE & PEACE的前日談

「那麼，第一堂考試，國文科開始。」

考官站在講台上說的那句話，使教室裡的學生們同時顯露緊張感，翻開考卷。

坐在窗邊，從後面數來的第二個座位，有個戴眼鏡穿學生服的少年，彷彿也跟周圍的氣氛融為一體，急著過目考卷……頓時有如猜題失利一般——不，實際上他就是沒猜中出題方向，因此一個頭兩個大。

「唔哇……這下沒救了。」

話雖如此，總不能才開考一分鐘就棄戰離去，總之他宣戰似的先在答案卷底部寫下「安藝倫也」。

桌上擺的准考證上面，有「豐之崎學園高等學校」的字樣跟他的名字刻在一起。

那是在某年的二月某日。

私立豐之崎學園的入學考當天。

而且，對當時就讀嶋村中學三年級的倫也來說，也是注定了「某方面」命運的日子。

倫也會報考這所學園，有深刻而複雜的理……雖然沒到這種地步，多少還是有他的理由。

對倫也還有安藝家來說，無論是在校成績或經濟方面都不至於高攀的這所學園，有他從小渴望的某項東西。

說穿了，就是自由的校風……

儘管有制服，褲管粗細或裙子的長短都沒有繁瑣規定，校規也定得相當鬆。只要申請通過，要打工也ＯＫ。而且富少千金居多的學校內氣氛和諧，就倫也所聞，何止沒有班級失序之情事，連霸凌都不存在。

那對從小學就被公認是「御宅族」，還因此被貼上標籤而面臨霸凌的倫也來說，「通往快樂結局的選項」總算出現了。

因此，倫也在國中三年級第一次接受升學指導時，立刻申請了豐之崎學園的推薦入學……然後，他打聽到還有其他人申請，果斷撤回了。

那位「想申請同一所學校的對手」，在課業成績方面別說感覺不到多大差距，看起來顯然是倫也占優勢。

然而，家境的壓倒性差距，還有對方「熱切希望進豐之崎學園就讀的理由」，使倫也無論如何也無法堅持自己的意願。

畢竟「她」想申請那裡的理由，大概跟自己脫不了關係。

想在那裡追求沒有桎梏、沒有歧視，更沒有過去記憶的環境，對於那樣的心情，倫也有了過度的同理心。

而對手的名字叫澤村・史賓瑟・英梨梨。

父親擔任外交官，成績中下。

同時，她跟倫也一樣，不，她在人際關係方面傷得比倫也更深，彼此更是認識好幾年的青梅竹馬。

因為如此，現在倫也才會像這樣在豐之崎學園的一般入學考應試。

為了跟搶走推薦名額，絕交長達好幾年又懷有複雜心結的青梅竹馬（以結果而言）就讀同一所學校。

「那個，不好意思。」

當倫也跟國中三年級第一次接受升學指導時一樣懷著複雜心結時，突然間，背後被人用手指敲了幾下而回歸現實。

回頭望去，有個應該跟倫也一樣是應考生的女同學，露出有些困惑的表情望著這裡。

「呃，什麼事？」

「考試已經結束了耶。」

「…………啊！」

被她一說，倫也往旁邊瞧，才發現考官對遲遲不肯放開答案卷的他一臉困惑地一直站在他身邊。

看來在倫也抱持那些複雜的心結時，近一個小時就過去了，國文科考試安然結……不，並不算安然地結束了。

倫也連忙將開頭十五分鐘隨便填過的那張答案卷遞出，然後深深地，發出了既陰沉又心冷的長長嘆息。

畢竟填完解答後，還剩三十分鐘以上的時間，然而對完全疏於檢查答案的倫也來說，其結果八成一定——不，絕對是可想而知。

「好的，上午的考試就此結束。下午是從一點鐘開始，在十分鐘前要記得回到座位。」

「啊啊啊啊啊～」

於是，一度搞砸的考情未能馬上提振起來……

在第二堂的數學科考試，倫也顯然還是缺乏專注力，從他本人的手感來說是考得慘兮兮。

這次的數學科，他姑且記取了考國文時的教訓，在填完解答後有驗算過幾次。

……只不過，經過驗算而改掉的項目連一格也沒有。

而且，那並不是因為找不出失誤，而是他每次驗算都會求出不同的答案，結果根本分不清哪個才是對的而已。

「這下子……只能賭下午要考的英文了吧。」

當應考生想趁中午休息而陸續離開教室時，倫也久久無法擺脫上午的打擊，茫然地獨自望著那陣人潮，同時也只能軟弱無力地發誓，要在接近無望的局面中力挽狂瀾。

「我看……就到樓頂看看吧。」

「有夠冷。」

打開樓頂的門，二月的寒冷就扎在臉上。

毫無遮蔽物的那塊地方，風盡情地呼嘯大作，實在找不到其他考生的人影。

冷得快結凍的倫也把那份寒冷也當成轉換心情的要素，在唯一的長椅上坐下來，然後打開母親早上交給他的便當。

「媽……英文我會努力考的。」

……此外，天氣這麼冷，自己所坐的長椅卻留有一絲餘溫，然而憑倫也目前的精神狀態，根本沒有餘裕能察覺那一點。

※　※　※

「啊……」

她停住腳步，是在下了樓梯，來到一樓走廊的時候。

拓展於視野前方的教室及走廊上，有身上制服與自己各異的學生們坐著，還各自帶著認真的表情與便當或參考書搏鬥。

像那樣，制服有別於所有人……換句話說，身分並非考生，而是今天唯一一名在校生的她，名叫霞之丘詩羽。

在班會曾再三通知過「明天有入學考，因故停課」，打瞌睡的她漏聽了消息，又沒有朋友可以確認此類資訊，導致這位毫無協調性的迷糊蟲就這麼一如往常地獨自來上學了。

今天早上，當她走進沒有任何一張熟面孔的教室時，迷糊如她難免也察覺了自己的疏忽。

然而，即使如此，她仍未承認自己的失誤，更沒有做出匆匆離開學校這種毫無自尊心（具備協調性）的舉動，還講出「來都來了，我要讀過書再回去。」這種話，甚至對表示「沒有任何一間教室能用」的班導師蓮見老師加以威嚇，然後借了學校裡唯一允許使用的設施鑰匙，直到剛才都賭氣地待在

那裡專心讀書。

也就是在寒風瑟瑟的頂樓……

不過，經過幾小時後，時間來到中午，她難免也體認到自己的行為毫無意義，連帶還有莫大壞處，總算得出「到有暖氣的咖啡廳讀書吧」的正常結論，從頂樓一路走下來……

「頂樓的門，我忘記鎖了……」

沒錯，開頭的「啊……」就是接在這裡。

詩羽想起蓮見老師嚴格（要如此形容倒顯軟弱）交代過：「應考生誤闖就不好了，離開時要馬上鎖門喔。」然後，她像百般無奈型的主角一樣嘆了口氣，又沿著剛才下來的樓梯走上去。

※　※　※

「奇怪？」

吃完便當，靠寒冷空氣提振精神並斷然告訴自己：「好，下午才是重頭戲！」……卻只有恢復到「唉，掙扎到最後一刻吧」這種程度，慢吞吞地準備回室內的倫也，卻莫名其妙被頂樓的門把擋著。

「……奇怪？」

即使試著多轉兩三次，幾十分鐘前還能轉的門把依舊硬得轉不動，只傳回刺耳的喀嚓聲。

「…………奇怪了？」

※　※　※

「你有沒有努力應考呢，倫也……」

她所站的位置，能將豐之崎學園的全貌盡收眼底……簡單來說，就是校門前。

即使從寫著「豐之崎學園入學考試會場」的立牌後頭望向離了幾十公尺遠的校舍，憑她的近視眼似乎也找不著想見的人物（倫也）。

比校舍裡那些應考生早一步靠推薦管道敲定入學，還專程跑來原本不需要來的考試會場，這位少女名叫澤村・史賓瑟・英梨梨。

儘管與青梅竹馬安藝倫也在這幾年處於絕交狀態，耳聞他要報考與自己同一所學校，就坐立不安地專程過來探視考情，令人覺得難伺候的傲嬌女生。

「再說，那傢伙來考豐之崎太有勇無謀了吧……他在想什麼啊。」

英梨梨對自己（比倫也還差）的成績避而不談，用了傻眼又有些雀躍的嗓音，一再為倫也操

心。

倒不如說，從一個月前就弄清楚「倫也要考豐之崎」的她，一直在重複這套舉動，都變成讓父母覺得既好笑又傻眼的穩定套路了。

「啊……」

於是，當英梨梨像那樣帶著有點噁心……有點不可思議的表情望著校舍時，從前方有個和她想見的人並非同一人物的身影接近而來。

黑色長髮隨寒風飄逸，身段俐落……看似俐落，實際上卻懶洋洋地接近而來的人，是比她高一個學年的在校生（詩羽）。

對方仍維持原本的步伐，卻也稍稍抬起閱讀文庫本的視線，朝貌似惆悵地佇立於校庭……看似如此，實際上鬼鬼祟祟的英梨梨望了過來。

兩人順著詩羽的步伐拉近距離，以目光相接，卻沒有用言語交會，只伴隨著輕點頭致意，若無其事地錯身而過了。

「……感覺是個嘴巴跟態度都很惡劣的黑長髮呢。」

「好像是個態度高傲卻小家子氣的金髮雙馬尾呢。」

呃，不對，若無其事的部分似乎只有態度。

※　※　※

「…………………啊～」

倫也背靠著門板，一屁股在頂樓地板坐下來後，只能走投無路似的……應該說，實際上就是走投無路地仰頭望天。

接著他看向時鐘，離下午的考試開始不到十分鐘了。

應考生們應該差不多全回到教室，為了準備最後一科英文而翻著參考書吧。

「我已經累了，琴里……」

對於待在有暖氣的溫暖房間裡，過得一臉幸福的那些傢伙，倫也連要詛咒他們都提不起勁，只能對最近迷上的動畫角色……不對，對妹妹的幻影講話。

……呃，不對，實際上眾生都處於被迫面對最後審判的處境，但當著魯本斯的畫……不對，當著つなこ的畫作，倫也根本不可能理解那番道理。

「好溫暖……」

倫也忍受不了寒冷，點燃了火柴……不，因為沒有實物，所以是用虛擬的。

儘管好像有多本兒童文學的情節混在一起，然而當著魯本斯的畫（以下略）。

於是，在倫也的眼前，不只有妹妹（琴里），還有各式各樣的跑馬燈一閃即逝。

回想起來，這次報考豐之崎從頭到尾都充滿挫折。

想要的推薦名額被人搶走，先是以這種常見的劇情開頭，接著學力不夠、財力不夠，就連努力也不夠（自作自受），所有困境都碰上了，到入學考當天還被反鎖在頂樓，連這種隱藏劇情都被他遇到了。

看來，豐之崎學園不太歡迎安藝倫也這個人。

倫也已無法就讀這所校規寬鬆的學校，失去了成功之路，或許他只能在都立的底層學校，一邊受到不良少年及刻板的老師們迫害，一邊躲躲藏藏地跟黑暗的校規對抗了……

「不可以放棄喔～」

「咦……」

……這時，在寒冷中絕望得發抖的倫也心裡似乎聽見了不可思議的講話聲與聲響。

其中一邊是有如除夕鐘聲般，隨節奏響起的鐘聲。

然後另外一邊，則是既不溫柔也不熱情，沒什麼勁的女神呼喚聲……

呃，當聲音聽起來沒什麼勁的時候，從根本上就有「對方真的是女神嗎？」的疑問，不過，對目前被絕望重挫的倫也來說，那道聲音的可信度已經無從置疑。

雖然他也不相信能有什麼保佑。

「女神大人，求求您救我……得救的話，我會拚死命地考最後一科英文的。」

即使如此，倫也仍像在新年參拜時祈求家人今年一整年都能平安順遂一樣認真，對著大概位於二次元的那位女神恭恭敬敬地拍掌禱告。

於是……

「啊～你果然在那裡。等我一下，我現在就去叫老師。」

「…………咦？」

然而，女神卻意外乾脆地發下了慈悲。

隨後傳進倫也耳裡的，是穿著室內鞋匆匆下樓的聲音。

後來沒過多久，又有好幾道腳步聲匆匆接近，接著發出了門鎖被人大力擰動的喀嚓聲響，最後鐵門「砰」地大聲打開……

背靠著那扇門的倫也，被撞得飛了出去。

關於之後的事情，連倫也都記得模模糊糊。

即使如此，將周圍的幾句證詞整理起來，大致上好像是這麼回事。

由於發生了「出乎意料的意外」，考試晚了十五分鐘才開始。

這場意外的中心人物——晚到的倒霉應考生安藝倫也，卻莫名興奮地一直自言自語：「狂三在保佑我……不，女神在保佑著我！」讓周圍的應考生都不敢領教，然而由於情況特殊，考官們都無法特別做警告。

於是，儘管經過了種種迂迴曲折，入學考總算結束了。

隔天，回到嶋村中學的倫也自己對完答案，還向班導師報告他在英文科的一百分中拿了九十五分，讓人跌破眼鏡。

然而，據說班導師是在豐之崎學園的放榜日才體認到，那似乎是如假包換的事實。

※　※　※

「……事情就是這樣嘍。」

「喔～好好好，所幸你有走到上榜的結局。」

接著，時間回到數年後……具體來說，季節大約輪迴了三次左右。

一如往常的安藝家，一如往常的倫也房間裡，一如往常地有他的第一女主角……不知道還能不能稱之為範本的加藤惠身影。

「妳要更驚訝或更感激一點才對嘛！我難得第一次公開之前沒跟任何人提過的『豐之崎學園上榜祕辛』耶！」

「呃，有什麼值得感激的深刻情節嗎？基本上，你是為了考試才到學校，卻貿然偷跑到不准進出的頂樓，一般來想，我覺得不應該讓那樣的人入學耶，你認為呢？」

「那不是重點吧，我要談的不是那些吧！那時候，假如沒有那位『神祕女神』拯救我，我們現在或許就不會像這樣在一起了耶，照理講是不會的喔。」

「唉，那位女神般的女主角還真是多事呢。」

「唔……」

這時候，惠有如海報女郎的吸睛模樣雖然令人在意，但倫也還是咬牙忍住，將頭髮往上梳。

「的確，只講到這裡，或許聽起來像一段常見的佳話……可是，這段故事還有後續。」

「咦～難道你打算說『這段故事還有後續』，然後要講一個晚上講個不停？」

「不是啦，沒有那麼長，妳放心。」

惠大概是聽膩了漫長的話題，露出略顯……不，相當嫌麻煩的姿態，還把頭擱在手臂上，回以愛睏的表情。

「其實……我對那時候救了我的女神的真面目想了很多。」

「呃，意思是，你在猜那會不會是同一部作品（約會大作戰）裡的其他女主角（十香或折紙）？」

「我在談的不是那些幻覺（二次元）啦，我在談現實（三次元）中的事！」

倫也說著，對惠依舊「好像刻意裝成」不得要領的態度，皺起眉頭卻又下定決心從正面望著她。

「噯，惠……保險起見，我先問妳一句，妳現在是不是在裝蒜？而且還裝得很徹底。」

「咦～你是指什麼～？」

然而，惠有短短一瞬間迎面接受了他那疑惑的目光，卻又立刻別開視線，躲到倫也的視線底下。

「不是啦，我覺得當時找到我的那個女生的聲音……好像很敷衍，又一點都不慌張，最重要的是好淡定！」

「簡單來講，你想表達什麼？」

「惠，我問妳喔，妳在應考的時候，有沒有爬上頂樓……」

「喔～原來如此～倫也，所以你是在懷疑那道聲音的真面目會不會就是我？」

「錯了啦，不是懷疑或起疑心，沒有妳講的那麼負面……」

「不過，的確啦，假如那是我的話，還真像命中注定呢～」

「對吧？對吧！」

倫也終於接近了想要抵達的結論，興奮似的用力握起手。

「畢竟，假如那時候偶然救了我的人是妳，那我們其實從一開始就被命運的紅線……」

「不～沒有那種事情喔，完全沒有喔。」

「咦～」

可是，惠依然不改淡定的態度，將手輕輕疊在一起。

「畢竟那也不算什麼偶然或奇蹟吧？」

「是、是嗎？」

被她如此輕描淡寫地斷定，倫也一下子也失去了自信，迷惑似的交握手指並湊到額前。

的確，假如在考試開始前，唯獨有一名考生沒回來……

從常識來想，會在意那一點並主動找人的，大有可能是監考官，而不會是滿心掛念著考試的考生……

「倫也，畢竟你那時候說過『到頂樓逛逛吧』……明明是自言自語，卻講得那麼明確。正常都會注意到的啊。」

「………………………………咦？」

惠說出那句話的同時，在倫也的腦海裡，三年前的畫面一舉復甦了。

『考試已經結束了耶。』

沒錯，他想起來了，當時那個似乎困惑，卻又沒有多動搖的鮑伯短髮少女……

「好啦，那事情應該聊完了……我明天有入學典禮要早起，先睡了喔。晚安。」

「咦？咦？咦？咦？」

於是，倫也還來不及好好驗證甦醒的記憶……

惠在被窩裡緊緊地摟住倫也後，把臉埋進了他的胸膛。

情色漫畫老師 1~10 待續

Kadokawa Fantastic Novels

作者：伏見つかさ　插畫：かんざきひろ

在命運的後夜祭上……
戀愛與青春的校慶篇就此開始！

　　千壽村征撰寫出太過情色的小說新作，引發了騷動，使征宗被村征的父親麟太郎叫去！而征宗等人決定前往村征就讀的女校參加校慶。一行人在逛校慶的同時，梅園花充滿謎團的學生生活也逐漸揭曉！

各 **NT$180~250/HK$55~75**

刮掉鬍子的我與撿到的女高中生 1 待續

Kadokawa Fantastic Novels

作者：しめさば　插畫：ぶーた

網路上大受歡迎的上班族 × JK同居戀愛喜劇，
引頸企盼的書籍化！

二十六歲上班族吉田被單戀五年的對象給狠狠甩了。喝完悶酒回家的途中，他發現了一名蹲坐在路上的女高中生——「我會讓你搞，所以給我住。」「就算是玩笑，也別說那種話。」「那你免費讓我住。」和少女沙優的同居生活，就在情勢所趨之下展開了——

NT$220/HK$73

國家圖書館出版品預行編目資料

不起眼女主角培育法Memorial / 丸戶史明作；鄭人彥譯. -- 初版. -- 臺北市：臺灣角川, 2019.07
面；　公分

譯自：冴えない彼女の育てかたMemorial
ISBN 978-957-743-075-5(平裝)

861.57　　108007845

Kadokawa
Fantastic
Novels

不起眼女主角培育法 Memorial

（原著名：冴えない彼女の育てかた Memorial）

2019年8月1日　初版第1刷發行
2024年4月17日　初版第7刷發行

作　者：丸戶史明
插　畫：深崎暮人
編　輯：Fantasia文庫編輯部
譯　者：鄭人彥
發行人：台灣角川股份有限公司
總　監：呂慧君
總編輯：蔡佩芬、朱哲成
主　編：林秀儒
設計指導：陳晞叡
美術設計：吳佳昀
印　務：李明修（主任）、張加恩（主任）、張凱棋、潘尚琪
發行所：台灣角川股份有限公司
地　址：104台北市中山區松江路223號3樓
電　話：（02）2515-3000
傳　真：（02）2515-0033
網　址：www.kadokawa.com.tw
劃撥帳戶：台灣角川股份有限公司
劃撥帳號：19487412
法律顧問：有澤法律事務所
製　版：巨茂科技印刷有限公司
ISBN：978-957-743-075-5